Werner J. Egli
Samtpfoten auf Glas

WERNER J. EGLI
SAMTPFOTEN AUF GLAS

BENZIGER

I

Wenn Tante Gladys wenigstens im Winter gestorben wäre und nicht an einem strahlend schönen Tag wie heute, an dem es wahrscheinlich nirgendwo am Himmel auch nur ein Wölkchen gab.

Ich mag es nicht, wenn Leuten an einem solchen Tag etwas Schlimmes passiert. An einem solchen Tag sollte kein Unglück geschehen, und niemand sollte eine Träne vergießen müssen.

Es war ein Frühsommertag. Ziemlich heiß. Mir wurde ganz klamm ums Herz, als ich zum Fenster hochschaute, in dem die alten Vorhänge zugezogen waren. Ich stand unten auf dem Gehsteig und schaute zu, wie sie den leeren Sarg aus dem Leichenwagen hoben und ins Haus trugen. Es war eigentlich mehr eine Kiste als ein Sarg. Rohes Fichtenholz, voll mit Ästen und Spalten und mit den lausigsten Sargdeckelscharnieren, die ich je im Leben gesehen habe. Aus ganz gewöhnlichem Eisen. Damit niemand auf den Verdacht kommt, ich verstünde etwas von Särgen, will ich gleich sagen, daß ich normalerweise nicht auf Beerdigungen gehe und auch nur selten zusehe, wenn sie einen Toten abholen.

Bei Tante Gladys war das aber eine andere Sache. Eigentlich wollte ich ja zum Park hinuntergehen, wo ich verabredet war. Aber als ich so die Straße hinunterschlenderte, sah ich den Leichenwagen, und ich dachte sofort, daß Tante Gladys nun doch zur Unzeit gestorben war. Nicht im Herbst, an einem kalten, grauen Tag, an dem der feuchte Nebel in den Straßen hängt und die alte Gladys keinen Bock mehr darauf gehabt hätte, auch nur noch einen Tag länger zu leben. Solche Tage gibt es.

Wir wußten natürlich, daß die alte Gladys demnächst mal die Augen für immer schließen würde. Und eigentlich dachte ich nie groß darüber nach. Ich meine, eigentlich gehöre ich nicht zu denen, die sich über Leben und Tod und solchen Kram den Kopf zerbrechen, weil ich voll beschäftigt bin und von so düsteren Sachen nicht aus der Bahn geworfen werden möchte. Außerdem spielt es ja in Wirklichkeit überhaupt keine Rolle, ob man im Winter stirbt oder im Sommer, weil das für den Betroffenen ohnehin keinen Unterschied macht. Tante Gladys zum Beispiel, die fror seit Wochen nur und klapperte mit den Zähnen. Das sagte man, und ich weiß nicht, ob es stimmt, aber wenn ich jetzt darüber nachdenke, dann glaube ich, daß die Bude neulich nur deswegen Feuer gefangen hatte, weil der kleine Spirituskocher umkippte, mit dem Little June ihr heißen Tee machte. Heißen Tee im Sommer! Und die alte Gummiwärmflasche war so brüchig, daß immer Wasser durchsickerte. Ich konnte mir das gar nicht so richtig vorstellen, als ich unten auf dem Gehsteigrand stand und darauf wartete, daß man Tante Gladys aus dem Haus tragen und im Leichenwagen verstauen würde. Vielleicht hätte ich in den letzten Tagen mal vorbeigehen sollen, aber das tat ich aus verschiedenen Gründen nicht. Erstens, weil mir Little June einmal beschrieb, wie Gladys immer mehr zum Skelett abmagerte, und zweitens, weil ich bezweifelte, daß sie sich über meinen Besuch gefreut hätte, falls sie überhaupt in der Lage gewesen wäre, mich und Little June auseinanderzuhalten. Sie war nämlich schon seit langer Zeit nicht mehr richtig im Kopf, ein typisches Zeichen dafür, daß es bald zu Ende geht. Das letzte Mal, als ich sie besuchte, da saß sie noch in einem alten Korbstuhl und starrte mich an, und als ich «Na, wie geht's?» sagte, da wollte sie mir Eintrittsgeld für die Schlittschuhbahn geben. Dagegen war natürlich nichts einzuwenden, und ich habe die paar Cents genommen, weil ich damals ohnehin knapp bei Kasse war. Letzten Sommer war das gewesen, und zwar an einem Tag so wie heute. Natürlich war die Schlittschuhbahn nicht geöffnet, und außerdem geh ich sowieso nie hin, weil ich bei meinem ersten Besuch einige Jahre zuvor derart gestürzt bin, daß ich mir beinahe den Hals gebrochen hätte. Seither hatte ich nichts mehr mit der Schlittschuhbahn im Sinn, und mit dem Geld, das mir Gladys gab, ging ich hinunter zum Park. Daddy Rich nahm einen Würfel aus seiner Hosentasche, und obwohl er nichts sagte, wußte ich schon, was er wollte, und sagte: «Über drei», und er würfelte. Ich dachte schon, der krumme Hund hat ganz bestimmt einen präparierten Würfel, der niemals mehr als zwei Augen zeigt, aber das stimmte nicht ganz, denn als er ausrollte, lagen drei Augen nach oben, und weil Daddy Rich die Bank hatte, gehörten ihm anschließend die paar Cents.

Ich stand also vor dem Haus, in dem Tante Gladys wohnte, und außer mir war nur noch der Fahrer vom Leichenwagen da, aber der blieb hinter dem Steuer sitzen und ließ den Motor laufen, damit die Klimaanlage funktionierte. Wenn Tante Gladys nicht gestorben wäre, wäre ich niemals dort stehengeblieben und dann wäre mir auch der Mann nie aufgefallen, der plötzlich wie aus dem Nichts auftauchte und sich drüben auf der anderen Seite in den Schatten einer Hausmauer drückte. Der Mann gehörte nicht hierher, das konnte ich sofort erkennen, obwohl sein T-Shirt zerrissen war und wie ein alter Putzlumpen an ihm herunterhing. Aber erstens war er kein Farbiger, und zweitens war er kein Schwarzer. Und das war, als hätte man die Pest, hier in dieser Gegend von Brooklyn. Als ich hinüberblickte, da gab er sich einen Ruck und grinste, und ich hielt es für besser, auszuspucken und mich dann wieder ganz dem Geschehen beim Leichenwagen zuzuwenden. Damit das Wichtigste von vornherein klargestellt ist: Ich bin kein Weißer. Ich bin ein Schwarzer, und das sage ich nur wegen meiner Augen; die sind so hell, daß einer vielleicht auf den Gedanken kommen könnte, ich wäre nicht ein echter Schwarzer. Aber soviel ich weiß, ist kein Tropfen Mischblut in mir, Gott sei Dank, obwohl mir meine Herkunft eigentlich noch immer ein Rätsel ist.

Ich war natürlich versucht, immer wieder den Kopf zu drehen und zu dem Mann hinüberzusehen, aber das ließ ich lieber sein, obwohl sich beim Leichenwagen lange Zeit nichts tat. Schließlich brachten sie Tante Gladys heraus aus dem dunklen Loch, an dem eine Tür schief in den Angeln hing, und ich staunte nicht schlecht, weil es nur zwei waren, die die Kiste trugen, und einer davon gehörte bestimmt nicht zu denen, die einen Expander voll durchziehen konnten. Aber Little June hatte mir schon gesagt, daß Tante Gladys eben nur noch Haut und Knochen war und so winzig klein wie ein verhungerter Vogel. Dabei war sie früher einmal ein stämmiges Weibsbild gewesen, sagte man, mit allem Drum und Dran, und die Männer wären hinter ihr hergewesen und alles. Aber dann wurde sie älter und immer älter, und schließlich starb sie, einfach so. Altersschwäche. Und dagegen ist nichts zu machen. Die Kiste war so leicht, daß ich mir Tante Gladys darin gar nicht vorstellen konnte. Little June kam aus dem Haus, und die Tränen liefen ihr wie verrückt über die Wangen und in ein Handtuch hinein, das sie zerknüllt gegen den Mund drückte. Sonst war niemand da. Es rumpelte etwas, als sie die Kiste in den Leichenwagen schoben, und dann knallten sie die Tür zu, und ich dachte, wie schlimm es sein muß, wenn draußen die Sonne scheint und man nicht einmal einen blassen Schimmer davon hat. Der Himmel war wolkenlos blau, wenigstens das schmale Stück, das man zwischen den Häuserreihen sehen konnte, und ich stellte mir vor, wie der Himmel überall blau war und ohne Wolken, und ich stellte mir Zeug vor, das ich nur von der Flimmerkiste her kenne: grüne Wiesen mit Blumen, einen weißen Strand und das Meer, auf dem sich Wellen kräuseln, ein aufgeblähtes Segel im Wind, einen dämlichen Hund, der im Schatten eines Baumes liegt, und einen Fahrradfahrer, der einhändig fährt, weil er an einem Zitroneneis lutscht. Mir kommen manchmal die hirnverbranntesten Gedanken, alles durcheinander, aber ich bin ziemlich sicher, daß ich keineswegs verrückt bin.

Der Leichenwagen fuhr davon, und ich merkte das nicht einmal, weil alles so lautlos geschah und ohne Bewegung, so als löste sich ein Bild einfach auf, um ein neues erscheinen zu lassen. Little June stand vor dem Haus, ganz allein, und obwohl sie weinte, war sie richtig schön, und ich wollte schon hinübergehen und ihr irgendwas sagen, tröstende Worte oder so, aber da fiel mir wieder der Mann ein, der drüben im Schatten stand. Den hatte ich für einen Moment vergessen. Er war immer noch dort. Beim nächsten Schritt hätte er in die Sonne treten müssen. Er blickte herüber, und jetzt grinste er nicht. Irgend etwas stimmte nicht mit dem Mann, abgesehen von der Tatsache, daß er kein Farbiger war und kein Schwarzer. Ich ging über die Straße, obwohl er da war und mir zuschaute, und zwar hatte ich beide Hände in den Hosentaschen, und mein Hemd hing mir über die Hose herunter, und auf der Brust war es ganz geöffnet, weil ich nämlich schon ganz schöne Muskeln habe, was natürlich einen ungeheuren Eindruck macht, besonders mit meinem Hawaii-Hemd zusammen, auf dem exotische Blumen abgebildet sind, wie es sie nur auf irgendwelchen Märcheninseln gibt. Ich trage solche Hemden offen und über die Hose herunterhängend, sogar im Winter, wenn es kalt ist und man sich leicht 'ne Lungenentzündung holen kann.

Little June bemerkte mich natürlich, aber sie tat, als wäre ich überhaupt nicht da. Sie blickte die Straße hinunter in die Ferne, wahrscheinlich dorthin, wohin der Leichenwagen unterwegs war, obwohl wir gar nicht richtig wußten, wo man Tante Gladys beerdigen würde oder ob man sie überhaupt beerdigen würde oder was. Das ist eine schlimme Sache, und Little June wollte einmal mit mir darüber reden, ein paar Wochen bevor die alte Frau starb, aber ich hatte keine Lust, über eine Leiche zu diskutieren, die noch am Leben war. Ich meine, natürlich müssen Medizinstudenten in den Universitätskliniken ihr Handwerk lernen, aber ich kann mir einfach nicht vorstellen, daß man Tante Gladys nicht beerdigen würde oder zumindest kremieren, wie sich das gehörte. Nur Little June machte sich solche Gedanken, weil sie immer alles zuerst einmal von der trostlosen Seite sah, und deswegen war sie auch so oft traurig.

Der Mann rührte sich nicht vom Fleck, als ich über die Straße ging und Little June kurz antippte.

«He, du hast Zuschauer», sagte ich zu ihr, und es war, als hätte ich sie aus einer anderen Welt in die Wirklichkeit zurückgeholt. Sie blickte mich mit ihren großen Augen ganz merkwürdig an und wischte sich schnell die Tränen von den Wangen, wobei sie natürlich das ganze Gesicht verschmierte. «Sie... sie haben Tante Gladys weggeholt», sagte sie stockend. «Gerade eben.»

«Ich weiß», sagte ich sanft. «Ich bin dort drüben gestanden und habe zugesehen. Bist du sicher, daß sie überhaupt in der Kiste lag?»

Sie schien mich nicht verstanden zu haben, und während sie mich anschaute, quollen ihr dicke Tränen aus den Augen. Sie hatte wunderbare Augen, so schwarz wie Kohle. Und warm. Niemand sonst in unserer Gegend hat solche Augen wie Little June. Manchmal sah ich sie vor dem Einschlafen. Manchmal sah ich sie beim Zähneputzen. Überall. Ich brauchte gar nicht an sie zu denken. Plötzlich waren sie da.

«Komm, wir gehen hinunter zum Park. Der Mann dort drüben beobachtet uns.»

Sie schüttelte den Kopf. Sie wollte ins Haus gehen. Wahrscheinlich fehlte ihr Tante Gladys. Man muß eben schnell mit dem ganzen Zeug aufräumen, wenn einer stirbt. Dann ist alles einfacher. Solange da noch ein Kamm herumliegt, in dem Haare von 'nem Toten drin sind, so lange heilen die Wunden nicht, weil man immer noch denken könnte, er kommt zurück und frisiert sich noch mal. Und Kleider müssen auch weg und alles Zeug, was rumliegt, und die Luft muß raus, und am besten sucht man sich 'ne andere Wohnung.

«Bist du wegen Tante Gladys hergekommen?» fragte sie, während sie weinte.

«Ja», sagte ich. «Natürlich. Ich dachte, ich will sie noch einmal sehen.»

«Sie hätte sich gefreut», sagte sie. «Ganz bestimmt hätte sie sich gefreut.»

«Ganz bestimmt», sagte ich. Für Little June hätte das ganze Leben nur Freude sein sollen. So war sie. Ziemlich eigenartig für ein Mädchen, das nicht einmal Eltern hat und mit einer Alten zusammenwohnte, die langsam jeden Tag ein bißchen starb. Ich meine, das paßt doch nicht. Einerseits träumte sie von der Sonne und so, und andererseits trug sie nie Kleider mit etwas bunter Farbe, und sie schminkte nie ihre Lippen. Außerdem hatte man das Gefühl, daß sie selbst dann über etwas traurig war, wenn sie lachte.

«Komm, wir gehen runter zum Park», schlug ich vor. Ich hielt das für eine bessere Idee, als ins Haus zu gehen. Ich hätte das wahrscheinlich sowieso nie durchgestanden, so kurz nachdem Tante Gladys gestorben war. Wahrscheinlich war das Bettlaken immer noch naß von der Flasche. Wahrscheinlich war sogar immer noch ein Abdruck im Kissen.

«Kommst du?» fragte ich noch einmal. «Komm lieber, es nützt nichts, wenn du hier bleibst und weinst.»

«Wer ist der Mann?» Sie blickte kurz zu dem Mann hinüber, dann die Straße hoch und hinunter. Es gab nichts zu sehen. Alte Häuser. Kurz nach Mittag war hier niemand draußen. Nicht an einem heißen Tag. Unten in der Fulton Street waren Leute. Dort ging das Leben weiter.

«Wir können zum ‹Strand› fahren», sagte ich. Der Mann im Schatten ärgerte mich. Er tat zwar nichts, aber er ärgerte mich. Niemand steht hier einfach rum, schon gar nicht einer, der nicht hierher gehört. «Ich laß dich nicht allein hier. Nicht mit dem Weißen dort, der ist vielleicht ein Cop.»

«Ich kenne ihn nicht», sagte Little June. «Nein, ich habe ihn noch nie hier gesehen. Aber ich glaube nicht, daß er ein Cop ist. Ein Cop kommt niemals allein hierher.»

«Soll ich rübergehen und ihn fragen? Ich mach das schon, glaub mir. Er kann nicht einfach dort stehen und uns beobachten wie ein Geier oder so ein Raubtier.»

«Laß ihn. Mir ist er nicht einmal aufgefallen. Soll ich dir die Uhr jetzt geben oder nicht?»

«Die Uhr?»

«Ja. Tante Gladys hat gesagt, daß du die Uhr haben sollst. Sie ist von ihrem Großvater oder so. Sie hat gesagt, daß die Uhr eigentlich ihrem Bruder gehört hat, der irgendwann in einem Krieg getötet wurde. Und im Deckel ist ein Bild von ihm drin und ein Gedicht, und Tante Gladys hat gesagt, daß du dich darüber ganz bestimmt freuen würdest und daß ich dir die Uhr geben soll, bevor die Leute vom Wohnungsamt kommen und von den anderen Ämtern und die ganze Wohnung räumen.»

«Ich hab schon eine Uhr.» Ich zeigte ihr meine neue Uhr. «Eine vergoldete Tissot. Echtes Schweizer Fabrikat. Steht drauf. Hat sechshundert Dollar oder was gekostet. Genau weiß ich's nicht, weil ich sie nicht gekauft habe. Man hat sie mir nicht einmal geschenkt. Ich habe sie in einem Warenhaus geklaut, drüben in Manhattan, und dann hab ich sie einem Cop gegeben, dafür, daß er Snootchy Fingers nicht verhaftet. Das war natürlich Bestechung und nichts anderes. Der Cop gab die Uhr später Spider Man, für ein bißchen Koks oder was, aber auf jeden Fall kam sie dann wieder zu mir zurück, als Spider Man beim Würfeln zufällig mal Pech hatte.»

Natürlich wollte ich die Uhr von Gladys haben, weil sie ja alt war, sozusagen antik, und ich kannte da einen, der war mit antiken Sachen groß im Geschäft.

Aber im Moment brauchte ich keine Uhr. Ich wollte nicht, daß Little June zurück ins Haus ging, und das sagte ich ihr auch. Ich sagte ihr, daß sie jetzt einen entscheidenden Fehler machte, wenn sie ins Haus zurück ginge, weil sie dann nicht zu sehen kriegte, wie ich mit einem Cop fertig würde, der es wahrscheinlich auf mich abgesehen hatte. Auf jeden Fall gab ich ihr vorsichtshalber meine Tissot, weil ich ja nicht sicher sein konnte, daß der Mann mir nicht das Genick brechen würde, und da war es schon besser, wenn Little June mein wertvollstes Stück kriegte. Zweimal am gleichen Tag erben, das kommt selten vor, besonders wenn man keine Verwandten hat außer einer alten Frau, die man Tante nennt, obwohl sie ja eher die Großmutter sein könnte.

Ich gab Little June also meine neue Tissot, und dann ging ich um einen Haufen Backsteine herum und über ein paar Bretter weg auf den Weißen zu. Der blickte mir nur entgegen, mit einem Gesicht, in dem sich nichts rührte. Er hatte ein eckiges Gesicht mit Bartstoppeln und Pickelnarben. Außerdem hatte er graue Augen, was ich erst sehen konnte, als ich ziemlich nahe war und nicht mehr umkehren konnte, ohne den Respekt vor mir selbst zu verlieren. Seine Augen verrieten mir, daß in ihm einiges steckte. Sonst wäre er ja nicht hier gewesen. Und sonst hätte er nicht so ruhig dagestanden wie ein Fels in der Brandung oder ein Denkmal aus Granit oder so was.

Ich blieb vor ihm stehen. Das Licht in seinen Augen flackerte kein bißchen. Er hatte Schweiß auf der Stirn, aber das war wegen der Hitze. Und sein T-Shirt war naß vom Schweiß, besonders um die Achselhöhlen herum. Er hatte eine Jacke über dem linken Arm und wahrscheinlich eine 357 Magnum darunter, Smith & Wesson, die er nur noch abzudrücken brauchte. Mir wurde ganz mulmig im Magen, aber ich redete mir ein, daß der Mann abgebrüht genug war, um nicht gleich mit seinem nervösen Finger zu zucken und mir eine Kugel in den Bauch oder sonstwohin zu schießen, sobald ich den Mund aufmachte.

«Verdammt heißer Tag heute», sagte ich und blieb vor ihm stehen.

Er hob die Brauen. An der Stirn hatte er eine Narbe, die noch nicht alt sein konnte. Ein paar Monate vielleicht. Und da ich etwas von diesem Zeug verstehe, war ich sicher, daß es sich um eine Messernarbe handelte.

Er sagte nichts. Er blickte mich nur an, und ich dachte, daß alles viel einfacher gewesen wäre, wenn ich ihn gar nicht erst angesprochen hätte.

«Haben Sie sich verirrt?» fragte ich.

Jetzt lächelte er ganz kurz. Eigentlich war es nicht einmal ein richtiges Lächeln, sondern mehr ein Zähnefletschen. Dabei konnte ich sehen, daß er noch ziemlich gute Zähne hatte für sein Alter. Er war vielleicht vierzig. Vielleicht etwas darunter.

«An einem solchen Tag sollte niemand sterben müssen», sagte ich.

«Wer ist gestorben?» fragte er. Er hatte eine sanfte Stimme.

«Gladys ist gestorben», sagte ich.

«Gladys wer?»

«Keine Ahnung, wie Gladys richtig geheißen hat. Little June weiß es vielleicht.» Ich trat von einem Bein auf das andere und blickte an ihm hinunter. Er trug braune Schuhe mit einer kleinen Goldschnalle als Verzierung. Die Schuhe paßten weder zum T-Shirt noch zur Hose.

«Du fragst dich, ob ich ein Cop bin, nicht?» fragte er.

«Hm, ich frage mich eigentlich nur, was Sie hier verloren haben.»

«Mehr als du denkst, Kleiner», sagte er ruhig.

«Hier können Sie leicht Ihr Leben verlieren», sagte ich hart.

Natürlich zuckte jetzt unterm Mantel sein Zeigefinger am Drücker der dämlichen Kanone, die er wahrscheinlich genau auf meinen Bauch gerichtet hatte. Ich wollte es genau wissen. «Wetten, daß Sie unter der Jacke eine Kanone haben und den Finger am Drücker.»

Er hob die Brauen, und seine Stirn runzelte sich. Dabei wurde die Narbe am Haaransatz ganz weiß. Dafür, daß er mich Kleiner genannt hatte, hätte ich ihm ja eigentlich gern eine auf den Kopf gehauen. Aber er war groß und stark. Außerdem hatte er einen Schädel wie ein Büffel, nur mit weniger Haar drauf und ungekämmt. Ganz langsam langte er mit seiner anderen Hand nach der Jacke, die er über dem angewinkelten Unterarm trug. Und ganz langsam zog er sie zurück, und mir fielen fast die Augen aus dem Kopf, als ich sah, daß er keine Hand mehr am Arm hatte und die Haut ganz verschrumpelt war, rosa wie bei einer Schweineschnauze und mit dunklen Linien und Flecken. Ich war so von den Socken, daß ich nicht recht wußte, was ich jetzt sagen sollte, und so sagte ich einfach nur: «Was für eine Schweinerei», und dabei dachte ich, daß sich ja jeder mal im Leben irren kann. Und er blickte mich nur an, mit seinem mitleidigen, blassen Lächeln und mit diesen Augen, die so kalt waren wie Glas.

«Wie heißt du, Kleiner?» fragte er plötzlich.

«Arnold Lindemann», log ich. Warum hätte ich ihm meine ganze Lebensgeschichte erzählen sollen? Dafür kannten wir uns nicht lange genug. Außerdem finde ich, daß Arnold ein absolut akzeptabler Name ist, nicht bloß für ein weißes Baby. Ich kenne allerdings keinen einzigen Schwarzen in unserer Gegend, der Arnold heißt, dafür aber einen mit dem Namen Lindemann. Max Lindemann von der Throop Avenue, ein völlig belämmerter Suchtbeutel, der an einer Überdosis schon einmal fast draufgegangen wäre. Aber das ist eine andere Geschichte, und die wollte ich dem handamputierten Typ auch nicht erzählen. Ich wollte ihm überhaupt nichts mehr erzählen und schaute mich deshalb nach Little June um, aber sie war im Haus, wahrscheinlich im Totenzimmer, und vielleicht lag sie auf dem Bett und weinte in den Eindruck im Kissen oder so. Mir war die ganze Angelegenheit ziemlich peinlich, und ich wollte dem verkrüppelten Typ schon erklären, daß ich nach Little June sehen wollte, aber dann sagte er, daß er DeNevi heißen würde. Paul DeNevi. Was für ein Name! Wer so heißt, braucht sich nicht zu wundern, wenn ihm mal jemand die Hand abhackt.

«Sag deinen Freunden, daß ich da bin», sagte er.

«Wen interessiert das?» fragte ich. «Ich meine, warum sollte ich überhaupt jemand sagen, daß Sie da sind? Ganz abgesehen davon habe ich tausend Freunde, und es würde ein Jahr dauern, bis ich sie alle informiert hätte.»

Das war natürlich ein bißchen übertrieben. Ich hatte keinen Freund, außer Snootchy Fingers vielleicht, aber der war bei mir eher in der Lehre. Daddy Rich zum Beispiel war nie mein Freund. Im Gegenteil. Ich halte ihn für einen ziemlich aufgeblasenen Frosch, der glaubt, er sei der König vom Bedford-Stuyvesant-Bezirk.

«Sag Daddy Rich, daß ich hier bin», sagte DeNevi. «Sag ihm, daß ich hier irgendwo wohnen werde, in einem der Rattenlöcher. Sag ihm, daß ich ganz allein bin und daß ich nicht einmal mehr ein Abzeichen habe.»

Mir wurde ziemlich mulmig, während er das alles sagte. Weil es so klang, als hätte es sehr viel zu bedeuten. Besonders für Daddy Rich.

«Sag ihm, daß ich höllisch aufpassen werde, Kleiner!»

«Das ist vielleicht ein guter Vorsatz», sagte ich.

Er grinste.

«Du bist schlau, was? Du funktionierst schnell, nicht wahr, Kleiner?»

«Niemand hat je behauptet, ich sei dumm.»

«Gut, dann kriegen wir beide vielleicht keinen Ärger miteinander.» Er lächelte jetzt wieder. Und in diesem Moment rief Little June nach mir. «Rick, ich habe die Uhr für dich.» Sie kam aus dem Haus und hielt eine goldene Taschenuhr hoch, die von einer Kette herunterbaumelte.

«Ist das deine Freundin, Kleiner?» fragte DeNevi.

Ich gab ihm keine Antwort. Warum hätte ich mich noch länger mit ihm unterhalten sollen? Wenn man uns zusammen sah, dann war das vielleicht nicht gut. Das konnte sogar gefährlich sein. Wer wußte denn, wer zum Teufel DeNevi war? Einer, der nur noch eine Hand hatte und hierher kam ohne den Finger am Abzug eines Smith & Wesson, der hatte entweder nicht alle Tassen im Schrank oder er war ein Supermann oder was Ähnliches. Ich ließ ihn einfach stehen, aber dann drehte ich mich noch einmal nach ihm um und winkte ihm zu. «War nett, mit Ihnen zu reden, DeNevi!» rief ich ihm zu. Der Name wollte mir kaum über die Lippen. DeNevi. Ein völlig idiotischer Name, dachte ich. Lieber Lindemann. Arnold Lindemann.

«Wir sehen uns, Rick», sagte er, und für einen Moment stockte ich, weil ich mir nicht denken konnte, woher er meinen Namen wußte, aber so was dauert bei mir wirklich nur Sekundenbruchteile. Dann fiel mir ein, daß Little June mich gerufen hatte, und obwohl ich mich darüber ärgerte, sagte ich ihr nichts. Wir gingen zusammen die Straße hinunter, und sie zeigte mir die Uhr mit dem Klappdeckel und allem, und innen drin klebte ein kleiner Zettel mit einem Gedicht drauf. Genau konnte man das nicht mehr erkennen, weil die Tintenschrift ganz verwaschen war. Ich steckte mir die Uhr in die Brusttasche von meinem Hawaii-Hemd und ließ die Kette heraushängen. Wenn es in dieser Straße

Schaufenster gegeben hätte, hätte ich im Spiegelbild mal prüfen können, wie das aussah, das heraushängende Hemd und die heraushängende Kette zusammen. Aber die Schaufenster waren seit einer Ewigkeit schon nur noch Scherben. Bei uns in der Straße, da geht man sozusagen ständig auf Glas. Früher, als Kind, konnte ich mit nackten Füßen durch die Straßen laufen, ohne mich zu schneiden. Und das ist schon was, weil ich nämlich einen leichten Klumpfuß habe. Man merkt das kaum. Nur wer genau hinsieht, kann erkennen, daß ich beim Gehen etwas humple. Deshalb nannte man mich früher Silkpaw. Sozusagen zum Spott, weil Silkpaw nämlich Samtpfote heißt. Und der Name blieb mir. Nur Little June nennt mich hin und wieder Rick, was natürlich wie im Fall von DeNevi äußerst peinlich sein konnte.

Ich sagte ihr auf dem Weg zum Park natürlich nichts davon. Wir redeten überhaupt nichts. Kein Wort. Wahrscheinlich dachte sie an Tante Gladys. Bestimmt war sie nicht im Himmel. Nicht, daß sie schlecht war und viel gesündigt hatte. Im Gegenteil, gegen Ende kam sie überhaupt nicht mehr dazu, irgend etwas anderes zu tun, als im Bett zu liegen und zu beten. Aber früher soll sie ein ganz durchtriebenes Weib gewesen sein, heißt es. Ich weiß natürlich nichts davon. Aber zuzutrauen wäre es ihr schon.

So ging ich neben Little June her, und wahrscheinlich dachten wir beide an die alte Frau. Und natürlich dachte ich an DeNevi. Der hatte einen ganz gehörigen Eindruck auf mich gemacht. Mit seiner abgehackten Hand und so. Wer hat schon eine abgehackte Hand? Niemand, den ich kenne. Leute mit abgehackten Händen sind selten.

2

Als ich in der Nacht nach Hause kam, war Jack da, und meine kleine Schwester spielte mit dem Spielzeugtelefon aus rotem Plastik, dessen Wählscheibe abgebrochen war. Sie saß in einer Ecke hinter dem Gasherd, schräg unter dem Fenster, das zum Hinterhof hinausführt, wo sich die Feuerleiter befindet. Es machte keinen Unterschied für sie, ob das Telefon eine Wählscheibe hatte oder nicht, denn sie rief sowieso niemand an, weil sie außer mir und Mom und Jack niemand kennt und weil sie überhaupt nur ein paar Worte sagen kann. Meine Schwester lebte sozusagen in der Ecke neben dem Herd, schräg unter dem Fenster. Sie mochte es nicht, wenn man sie dort hervorholte. Es gab jedes Mal ein furchtbares Geschrei, und so ließ Mom sie dort in der Ecke, wo sie sogar schlief und wo sie sicher war, wenn es Streit gab, weil sie blitzschnell unter den alten Gasherd kriechen und sich verstecken konnte.

Jack war da, und er hatte ihr das Telefon als Geschenk mitgebracht.

Jack war Moms Freund. Seit Jahren. Mom ist keine Herumtreiberin. Sie war fast immer zu Hause, solange ich zurückdenken kann. Jemand hat mir mal gesagt, daß das früher anders gewesen sei und Mom ein fröhliches Mädchen war und tanzen konnte, als hätte sie Flügel. Solange ich zurückdenken kann: Anders als traurig, müde und krank oder wütend kannte ich sie nicht. Sie war gefangen in diesem

Loch, in dem es nach dem Kot meiner Schwester stank und nach Pisse, weil sie nicht aufs Klo ging, sondern in ihre Ecke pinkelte und schiß.

Jack kam aus dem kleinen Zimmer nebenan. Dort schlief Mom. Er trug nur seine Hose und ein löcheriges Leibchen, das naß war unter den Achselhöhlen und auf seinem Bauch. Eine Zigarette hing in seinem Mundwinkel, und in der Hand hatte er eine Dose Budweiser-Bier. Er war noch nüchtern.

«Deine Mom sagt, du treibst dich rum», sagte er grinsend. «Lohnt es sich wenigstens? Hast du 'ne scharfe Freundin?» Ich wußte, daß er ein Schwein war. Ich warf einen Pack Leber auf den Tisch, die ich im Supermarkt an der Stuyvesant Street gekauft hatte. Für knapp zwei Dollar Rindsleber, in Cellophan eingepackt, mit viel Blut und Wasser drin. Meiner Schwester hatte ich eine Tafel Schokolade mitgebracht und für Mom ein Deodorant, das ich allerdings, zugegeben, nicht gekauft, sondern geklaut hatte.

Für Jack hatte ich nichts dabei. Er war lange nicht mehr dagewesen. Mindestens sechs Wochen. Mom hatte ihm keine Träne nachgeweint, aber ich wußte, daß sie sich in dieser Zeit mehr allein gefühlt hatte als zuvor, weil sie häufiger wütend geworden war.

Jack war älter als Mom; etwa zehn Jahre, aber er sah jünger aus, und man sagte, daß er irgendwo in der Bronx seine Familie hatte, aber genau wollte das niemand wissen. Es war besser, wenn er einfach Jack war, der ab und zu herkam und so tat, als wäre er unser Vater oder zumindest ein Onkel, was ganz schön Ärger geben konnte, weil ich ihn nicht respektierte.

Er wollte unbedingt meine Schwester unter dem Gasherd hervorlocken, wo sie sich immer verkroch, sobald er in der Wohnung war. Ich haßte es, wenn er das tat, denn meine

Schwester fürchtete sich vor ihm, und nachher war sie wieder tagelang ganz verstört.

Aber für ihn war es ein Spiel, und er nahm die Schokolade, kauerte beim Herd nieder und hielt sie meiner Schwester entgegen. Die machte sich ganz klein und blickte ihn an, ohne ihn zu sehen. Meine Schwester hat merkwürdige Augen, die ein bißchen grau werden, wenn sie durch einen hindurchsieht in die Ferne, nur weil sie sich davor fürchtet, in der Nähe etwas Böses zu sehen.

«Kim, schau, was ich hier habe», sagte Jack. «Das magst du doch.»

Es gab nichts, was meine Schwester lieber mochte. Das wußte er haargenau. Er riß das Papier auf, so daß sie die Schokolade sehen konnte. Ich ging zum Fenster und blickte auf den Hinterhof hinaus. Es war niemand unten. Irgendwo lief ein Fernseher. Bläuliches Licht schimmerte auf den Eisenstreben der Feuerleiter, die im Zickzack an der Backsteinmauer entlang nach unten führte. Noch immer nistete die Hitze des Tages im Hinterhof, stickig und nach all dem Zeug riechend, das die Leute aus den Fenstern warfen.

«Komm, ich geb dir die Schokolade», hörte ich Jack sagen. «Du brauchst keine Angst zu haben. Nicht vor mir. Ich bin nur Jack.» Er lachte. «Onkel Jack. Und ich tu dir nichts.» Er gab nicht auf. Mindestens zehn Minuten lang versuchte er, Kim zu verführen. Manchmal verstellte er seine Stimme, und dann faßte Kim ein bißchen Mut und wagte es, nach der Schokolade zu greifen, aber wenn er sich nur bewegte, zuckte sie zusammen und machte sich klein.

Schließlich verlor er die Geduld. Anstatt daß er ihr die Schokolade gegeben hätte, gab er sie mir.

«Versuch du's», sagte er. «Der Teufel weiß, warum sie sich

vor mir fürchtet. Ich tu ihr nie was. Ich hab ihr nie was getan.»

Das stimmte. Er hatte Kim nie etwas getan. Wenn er ihr etwas getan hätte, hätte ich ihn umgebracht. Das war absolut sicher.

Ich kauerte nieder. Kim blickte mich an, nur flüchtig, dann sah sie an mir vorbei oder durch mich hindurch. Man kann das nie genau erkennen. Ich gab ihr die Schokolade, und Jack nahm eine neue Dose Bier aus dem Kühlschrank.

«Wenn ich ihr mal etwas getan hätte, würd ich's verstehen», sagte er. «Verstehst du das, Junge? Deine Schwester ist ziemlich bescheuert.»

Er öffnete die Dose und trank. Dann rülpste er und wischte sich mit dem Handrücken über die fetten Lippen. Er war groß und stark, und er hatte große, wulstige Lippen und eine breitgeschlagene Nase. Früher hatte ich mich manchmal gefragt, was Mom an einem grobschlächtigen Bastard wie ihm überhaupt fand. Ich wußte es immer noch nicht, aber ich dachte auch nicht mehr darüber nach. Es hatte keinen Sinn. Ich redete mir ein, daß alles schon in Ordnung sei, so wie es war. Moms Glanzzeit war vorbei. Und wenn er nicht mehr gekommen wäre, hätte sie ihm nachgetrauert. Und das wollte natürlich schon gar niemand.

Ich machte Öl heiß in der alten Bratpfanne, schnitt ein paar gekochte Kartoffeln in Scheiben, zerhackte eine Zwiebel und briet alles zusammen mit der Leber. Ich paßte auf, daß kein heißes Öl auf meine Schwester hinuntertropfte. Jack verschwand im Schlafzimmer. Dann kam Mom heraus. Sie rauchte eine Zigarette, und der lange Morgenmantel hing lose von ihren schmalen Schultern herunter. Sie blickte mich nicht an, als sie sagte, daß am Nachmittag unten jemand gerufen hätte, Tante Gladys wäre gestorben.

«Ganz bestimmt ist sie gestorben», sagte ich. «Ich habe den Leichenwagen gesehen.» Ich verschwieg ihr, daß ich dort gewesen war, und ich sagte ihr nicht, daß Little June mir die alte Uhr gegeben hatte, sozusagen als Erbstück. Mom füllte einen Teller für Kim, aber Kim aß nichts, weil sie eben die Schokolade gegessen hatte. Mom aß ein bißchen, und Jack rief, daß er uns nicht das Essen wegessen wolle. «Bring mir lieber ein Bier, Amanda!» rief er.

Amanda! So heißt meine Mutter.

Sie brachte ihm ein Bier, und er kniff ihr lachend in den Hintern.

Ich ging dann weg. Ich wußte nicht, wohin ich gehen sollte. Eigentlich wäre ich gern daheimgeblieben und hätte geschlafen. Letzte Nacht war ich unterwegs gewesen. Die ganze Nacht. Und die Nacht zuvor auch. Ich war ziemlich müde. Ich hätte zum Park gehen können, wo ich ganz bestimmt jemand getroffen hätte. Oder ich hätte einfach rumbummeln können. Es waren genug Leute auf der Straße. Überall waren Leute.

Ich dachte an Little June. Sie wollte allein sein in dieser Nacht. Das hatte sie mir am Abend gesagt. Ich setzte mich auf die Treppe eines Hauses, das leerstand. Dann rauchte ich einen Joint. Was hätte ich sonst tun können. Ich fühlte mich ziemlich schwach, aber der Joint brachte mich nirgendwohin. Ich konnte danach nicht einmal mehr richtig denken. Ich weiß nicht, wie lange ich da auf der Treppe hockte, aber irgendwann ging ich nach Hause, und das war ein Fehler, weil Jack immer noch da war.

Und jetzt war er nicht mehr nüchtern.

Er stritt sich mit Mom. Ich wollte erst gar nicht in die Wohnung und wieder die Treppen hinuntergehen, aber irgendwie wühlte etwas in meinem Innern. Ich öffnete die

Tür, gerade als Jack die Bratpfanne gegen die Schlafzimmertür warf. Sie prallte vom Holz ab und schlug gegen den Küchenschrank, bevor sie zu Boden fiel.

«Mach die verdammte Tür auf!» schrie Jack. «Ich schlag die Tür ein, wenn du nicht aufmachst!»

«Geh weg!» kreischte Mom. «Ich will dich nicht mehr sehen! Geh weg, du betrunkenes Schwein!»

Jack wollte die Pfanne aufheben, aber da sah er mich. Es dauerte Sekunden, bis er meinen Anblick verarbeitet hatte. Er richtete sich auf und holte tief Luft. Sein schwarzes Gesicht war naß vom Schweiß, und die Kraushaare auf seiner Brust glitzerten.

«Sie hat sich eingesperrt, Junge», erklärte er mit schwerer Zunge. «Und mein Hemd ist noch drin.»

Ich starrte ihn nur an, ohne ein Wort zu sagen. Er hob die Schultern und steckte die Fäuste in die Hosentaschen. Dann grinste er.

«Ich tu ihr nichts», sagte er. «Ich will nur mein Zeug. Ich kann so nicht auf die Straße, Junge. Das verstehst du doch, oder? Die Cops würden mich verhaften.»

Mir fiel sofort DeNevi ein, der Krüppel. War er irgendwo draußen? Noch hatte ich Daddy Rich nicht gesagt, daß sich DeNevi in der Gegend herumtrieb. Ich dachte, ich lasse besser etwas Zeit verstreichen. Außerdem, warum sollte ausgerechnet ich derjenige sein, der ihm die Nachricht brachte?

«Jack, kennst du einen, der DeNevi heißt?» fragte ich.

Er hob die Brauen.

«DeNevi?» Er lauschte dem Namen nach. Nach einer Weile setzte er sich hin. Ich ging zum Herd und schaute nach Kim. Sie hatte sich in ihre Decken verkrochen. Ich konnte nichts von ihr sehen, nicht mal ein Haar.

«Hat nicht der DeNevi geheißen, der bei Magruder war, den ihr umgelegt habt?»

«Ich habe niemanden umgelegt!» erwiderte ich.

Er grinste. «Verdammt, mich brauchst du nicht anzulügen, Junge. Mir macht das nichts aus, ob du einen Cop umgelegt hast oder nicht. Im Gegenteil, das sagt mir nur, daß du Mumm hast und daß aus dir noch mal was werden kann.»

Ich sagte nichts darauf. Sollte er glauben, was er wollte. Mir war das egal. Ich habe mein eigenes Leben und meine eigene Geschichte. Wegen der Sache mit Magruder hatten sie mich schon drei- oder viermal auf dem Revier durch die Mangel gedreht. Sogar an den Lügen-Detektor hatten sie mich angeschlossen. Ich wehrte mich nicht. Ich hatte nichts zu verbergen.

Jetzt, wo er Magruder erwähnte, fiel mir ein, daß damals noch einer verletzt worden war. Ich wußte nicht genau, wo ihn die Kugel getroffen hatte. Ins Bein, hatte ich gehört. Daß man ihm das Bein amputieren mußte, hatte ich gehört. Wochenlang hieß es, daß er nicht durchkommen würde. Und danach hörte man nichts mehr über ihn. Für mich war er damals gestorben. Aber es konnte natürlich gut sein, daß DeNevi was damit zu tun hatte.

«Was ist mit DeNevi?» fragte Jack lauernd.

«Nichts!»

«Warum hast du dann nach ihm gefragt?»

«Ich hab seinen Namen irgendwo aufgeschnappt.»

Mom schloß die Schlafzimmertür auf. Es war deutlich zu hören, wie sie den Schlüssel drehte. Jack wurde hellwach. Ganz langsam erhob er sich. Er wollte leise zur Tür gehen, aber er schwankte und prallte gegen den Küchenschrank. Geschirr klirrte. Er fluchte. Dann machte er die Tür auf.

«Amanda», sagte er. «Teufel, glaubst du, ich will nackt da draußen rumlaufen?»

Er schloß die Tür hinter sich. Ich hörte ihn leise reden. Und Mom sagte ihm, daß sie jetzt schlafen wolle. Und dann hörte ich, wie der Name DeNevi fiel. Und dann lachte er, und meine Mutter sagte, daß ich nichts mit der Sache zu tun hätte. Er lachte lauter und höhnisch, und meine Mutter begann, ihn anzuschreien.

«Hör auf, Jack!» schrie sie. «Hör nur auf! Du bist betrunken! Du weißt nicht, wovon du redest!»

Wahrscheinlich schlug sie ihn zuerst, weil sie mich verteidigen wollte. Auf jeden Fall ging plötzlich Zeug in die Brüche, und Mom begann zu schreien. Ich hob die Bratpfanne vom Boden auf und stürmte ins Schlafzimmer. Er kniete auf dem Bett. Mom lag unter ihm und versuchte sich zu wehren, aber er hielt sie fest und schlug mit der Faust auf sie ein. Ich hieb ihm die Bratpfanne auf den gekrümmten Rücken nieder. Er ließ Mom sofort los, drehte sich grunzend um und erwischte mich mit einem Schwinger, der mich gegen die Wand schleuderte.

«Halt dich raus, verdammt!» brüllte er mich an und wollte sofort wieder auf Mom einschlagen. Ich hechtete von der Wand weg, griff ihn an. Ein Tischchen neben dem Bett fiel um, und eine leere Whiskyflasche zersplitterte am Boden. Irgendwie verlor er das Gleichgewicht, als ich gegen ihn prallte. Er fiel vom Bett herunter, in die Scherben der Flasche. Er brüllte und rappelte sich auf. Überall war jetzt Blut. Mom versuchte ihn aufzuhalten, als er auf mich zukam, aber er schleuderte sie von sich wie eine Puppe, und dann brüllte er, daß er mich umbringen würde.

Ich versuchte mich zu wehren, so gut ich konnte. Wahrscheinlich hätte er mich tatsächlich umgebracht, wenn nicht

Cops das Haus gestürmt hätten. Sie rissen ihn weg von mir. Sie mußten ihn niederknüppeln, bevor sie ihm Handschellen anlegen konnten. Irgendwie tat er mir leid, als sie ihn schließlich überwältigt hatten und wegbrachten. Ich dachte, sie würden mich in Ruhe lassen, damit ich mich um Mom kümmern konnte, aber dann erschien Lieutenant Corbin vom 77. Polizeirevier auf der Bildfläche, und ich sah ihm sofort an, daß er sich die Gelegenheit nicht entgehen lassen würde.

«Junge, Junge», sagte er, als er das Blut und die Flaschenscherben auf dem Boden sah und meine Mom, der das rechte Auge zugeschwollen war. Sie saß auf dem Bett, und sie schämte sich für das, was vorgefallen war. Außerdem machte sie sich Sorgen um Jack, der ja irgendwo in der Bronx eine richtige Familie hatte.

Obwohl es eine drückend schwüle Nacht war, trug Corbin einen Anzug, ein weißes Hemd und eine Krawatte. Er schwitzte nicht. Dafür war er zu kalt. Zu ruhig.

«Junge, Junge», sagte er noch einmal, dabei blickte er nicht auf den Boden, wo die Scherben lagen und alles voll mit Jacks Blut war, sondern musterte mich von oben bis unten, so als wäre ich ihm ein immer neues Rätsel. «Du kannst es einfach nicht sein lassen», sagte er. «Immer bist du genau dort, wo so 'ne Schweinerei passiert, Junge. Das versteh ich nicht.»

Mom blickte auf. Tränen liefen über ihr verschwollenes Gesicht.

«Keiner kümmert sich um ihn», sagte sie. «Deshalb ist er schlecht. Er geht nicht mehr zur Schule. Die Schule will ihn nicht. Und er geht auch nicht in die Kirche.» Mom faltete die Hände und streckte sie Lieutenant Corbin entgegen. «Jemand muß ihm helfen, Lieutenant. Ich kann es nicht tun.

Ich bete für ihn. Ich bete jede Nacht für ihn. Es nützt nichts. Nein, es nützt alles nichts mehr.»

«Ich nehme ihn mit», sagte Corbin. «Junge, du kannst nie sagen, daß man dir keine Chancen gegeben hat. Du hattest deine Chancen.»

«Jack hat Mom angegriffen», sagte ich. «Ich wollte nicht, daß er sie halbtot schlägt.»

«Er muß aus dem Haus, Lieutenant», sagte Mom. «Er ist alt genug, jetzt. Es gibt Streit, wenn er hier ist. Zwischen ihm und Jack. Ich weiß nicht, was es ist. Aber solange er nicht hier ist, ist alles gut. Sobald er kommt, gibt es Streit.»

Ich sagte Corbin nicht, daß Mom und Jack schon Streit gehabt hatten, als ich nach Hause kam. Ich sagte überhaupt nichts mehr. Auf jeden Fall sperrten sie Jack ein, und Mom hatte nur ein zugeschwollenes Auge und ein paar Blutergüsse und sonst nichts. Es hätte viel schlimmer sein können, so schlimm wie damals, als Mom ins Krankenhaus mußte, mit einem gebrochenen Kiefer.

Natürlich nahm mich Corbin nicht mit, weil ich Jack davon abgehalten hatte, meine Mutter halbtot zu schlagen. Er nahm mich mit wegen Magruder. Er gab die Hoffnung nie auf, daß ich weich werden würde. Er meinte, ich hätte keine Ausdauer, aber da irrte er sich gewaltig. Er konnte tun, was er wollte, mich kriegte er nicht weich. Das war bei mir ähnlich wie bei meiner Schwester. Die konnte auch niemand unter dem Gasherd hervorlocken. Nicht einmal mit Schokolade.

Natürlich hatte Corbin das Recht, mich einzubuchten. Nicht wegen des Krachs daheim, sondern weil er wußte, daß er zumindest ein paar Krümel Marihuana bei mir finden würde. *Chiba Chiba* heißt das Zeug hier bei uns; das ist ein Ausdruck, den die Puertoricaner benutzen. Die Schwarzen sagen *Reefer* dazu. Tatsache war, daß ich eine Zigarette bei mir hatte, eine *El Producto,* schön ausgehöhlt und voll mit hochpotentem Reefer, Stoff, der einen voll ausflippen läßt. Ich hätte diesen Torpedo schnell irgendwo verstecken können, aber ich dachte, Corbin läßt mich morgen früh so oder so wieder frei, weil der Knast meistens zum Bersten voll ist. Mir macht das nichts aus, abzuhocken, wenn's schnell geht. Man lernt dort Leute kennen, und wenn man anständig ist, dann kriegt man sogar eine bequeme Pritsche. Für mich war es nicht das erste Mal. Die Cops holten mich schon von der Schule, als ich klein war. Man gewöhnt sich daran, mitzumachen und keinen Widerstand zu leisten.

Corbin fuhr nicht direkt zum Revier. Wie zufällig lenkte er den Ford durch die Seitenstraßen zur Nostrand Avenue, wo auch um diese Nachtzeit noch was los war. Er fuhr langsam. Die Klimaanlage rauschte. Er hatte sie auf extra-kalt gestellt, und ich fror neben ihm wie ein Schneider. Er fror nicht. Corbin schwitzt nicht und friert nicht. Corbin ist ein Roboter.

Die Leute kannten ihn. Obwohl sein Ford nicht als Streifenwagen gekennzeichnet war, wußte man überall sofort Bescheid. Bewegung kam in das Gedränge auf den Gehsteigen. Die Mädchen, die auf Anmache waren, tauchten schnell in der Menge unter. Ich sah Gugu. Sie trug ihren winzigen Lederrock, schwarze Nahtstrümpfe und ein hautenges Unterhemd. Im Gesicht sah sie aus wie fünfundzwanzig, mit knallroten, glänzenden Lippen und blauen Augenschatten, das Haar in lockeren, rötlich schimmernden Dauerwellen. Aber sonst war nichts an ihr dran. Hüften wie ein Junge und kein Busen.

Es ist immer was los auf der Fulton Street und auf der Nostrand Avenue, die wir den «Strand» nennen. Ich konnte mich selbst dort draußen sehen, während ich still neben Corbin saß und die Gesichter an mir vorbeiglitten, manchmal so schnell wie ein Hauch. Augen, in denen eine gefährliche Wut aufblitzte, wenn sie uns erblickten, Mißtrauen oder Furcht. Die Jungs spielten sich die Straßen hoch und hinunter mit ihren Würfeln, und die Mädchen versuchten ein paar Bucks zu machen, junge Mädchen, manche noch keine vierzehn. So war es hier. Jeder hatte seine eigene Masche. Jeder war scharf auf irgend etwas. Geld spielte eine große Rolle. Geld spielte *die* Rolle überhaupt. Das wußte ich, seit ich meine ersten Puma-Tennisschuhe gekauft hatte. Für 45 Dollar. Ich bin sicher, daß Jack dafür bei den Docks drei Tage Knochenarbeit hätte machen müssen. Oder Lieutenant Corbin: der kriegte fünfundvierzig pro Tag, brutto, der arme Schlucker.

Corbin wußte natürlich, daß mir nicht wohl in meiner Haut sein konnte, während er mich herumzeigte. Er sagte kein Wort, als wir den «Strand» hinunterfuhren. Und ich sagte auch nichts. Was hätte ich ihm schon sagen sollen? Daß ich ihm insgeheim die Pest an den Hals wünschte, war ihm längst klar. Er fuhr sogar noch etwas langsamer, als er Daddy Rich entdeckte mit seinem schneeweißen Anzug und den Krokodilschuhen. Daddy Rich trug weiße Lackledergamaschen und einen weißen Hut mit breitem Seidenband. Er sah aus wie aus einem alten Gangsterfilm, nur schwarz war er, und in alten Gangsterfilmen spielten meines Wissens nie Schwarze mit. Außerdem war er zu jung, knapp 19, und mit einem Gesicht, das er nicht zu rasieren brauchte.

Als er mich im Wagen von Corbin erkannte, zeigte uns Daddy Rich seine Goldzähne. Ich wußte, daß ich Ärger kriegen würde, wenn ich von diesem Trip zurückkehrte, und Corbin wußte es auch.

«Wenn du Grips im Kopf hättest, würdest du mir sagen, was du weißt», sagte er beiläufig. «Schau ihn dir nur an, Rick. Er ist ein abgefeimter Ganove, früher oder später wird er auf dem elektrischen Stuhl enden.»

«Wenn ich was wüßte, würde ich's sagen», gab ich zur Antwort. «Ehrlich, Lieutenant, Sir. Ich war nicht dabei. Ich war nicht einmal in der Nähe, als es passiert ist.»

«Deine Mutter sagt, daß du lügst.»

Ich erwiderte nichts darauf. Mom wußte überhaupt nichts. Ich erinnerte mich noch gut an den Tag, als ich nach Hause kam und die Cops auf mich warteten. Ich kam gegen Morgen nach Hause, die Kälte nagte an meinen Knochen. Es schneite damals, und ich war halb erfroren und müde. Außerdem hatte ich einen Flachmann voll mit hochprozentigem Baccardi leergetrunken. Die Cops fielen über mich her, als hätte ich gewildert. Sie legten mich in Eisen und zerrten an mir herum, und ich wußte gar nicht mehr, wo mir der Kopf stand, als sie mich zum Revier schleppten und dort ins Kreuzverhör nahmen. Das, was ich gesagt habe, steht alles im Protokoll. Corbin kann wahrscheinlich jedes Wort auswendig aufsagen, so oft hat er das Protokoll schon durchgelesen.

«Deine Mutter sagt, daß Daddy Rich dich am Nachmittag mit seinem Schlitten abgeholt hat und daß du eine Knarre mitgenommen hast. Eine Automatic, sagt sie.»

«Mom hat doch von so was keine Ahnung. Ehrlich, sie versteht nichts von Waffen. Sie fürchtet sich davor.»

«Ich sage nicht, daß du Magruder umgelegt hast, Junge. Ich sage nur, daß du mich nicht anlügen sollst.»

«Was soll ich denn sagen, Lieutenant, Sir? Ich kann doch

nicht etwas sagen, was nicht stimmt, nur um Ihnen einen Gefallen zu tun. Ich war die ganze Nacht unterwegs, das stimmt. Ich war im Club House und habe Billard gespielt. Dann war ich hier.»

Ich zeigte zu Bee Gee's Candy Store hinüber, wo ein Würfelbecher die Runde machte. «Ich habe ein bißchen gespielt. Nur zum Spaß. Ich habe Daddy Rich an diesem Abend nicht gesehen. Er war nicht unterwegs. Ehrlich, Lieutenant, Sir.»

Er sagte nichts mehr. Wir fuhren an Bee Gee's vorbei und hinunter zur Kreuzung an der Fulton Street. An der Ecke war Hochbetrieb. Ich sah Spider Man im Gedränge, Little Spank, Snatch Pocket Eugene und Snootchy Fingers.

«Das sind deine Freunde, nicht? Mit denen hängst du immer rum.» Corbin hielt an, weil die Ampel auf Rot stand. Snootchy Fingers sah uns und tanzte auf die Straße heraus. Er lachte und zeigte auf mich, und er hopste um Corbins Auto herum wie ein Affe. Dann drückte er an der Seitenscheibe seine dicke Nase platt, bis sie ganz hell wurde. Er war ein Idiot.

«Paß auf, daß deine Fratze nicht am Seitenspiegel hängenbleibt, du Kröte», sagte Corbin und fuhr jäh an, bevor die Ampel richtig auf Grün wechselte. Snootchy Fingers hatte Glück. Er sprang zurück und brüllte hinter dem Ford her, tat so, als wäre er angefahren worden, aber Corbin beachtete das Spektakel nicht. Er bog in die Fulton Street ein und fuhr etwas schneller.

«Warum hängst du immer noch daheim rum, Junge?» sagte er nach einer Weile. «Deine Mom braucht dich nicht, verstehst du. Es wäre besser für dich und für sie, wenn du ausziehen würdest.»

«Wohin soll ich gehen?»

«Es gibt Familien, bei denen du unterkommen könntest. Du brauchst nur ‹ja› zu sagen, zum Teufel! Gute Familien. Man würde dich in eine gute Schule schicken, und du kriegst gutes Essen, und alles wäre in Ordnung, verstehst du?»

«Das hat man versucht mit mir. Zweimal schon. Es hat nicht geklappt.»

«Weil du nicht willst.»

Ich wußte nicht, warum es nicht geklappt hatte. Die Leute waren nett und zuvorkommend am Anfang, und sie dachten, daß bei mir noch nicht alles verloren sei. Aber dann änderte es sich schnell. Und am Ende wollten sie mich wieder los sein. Am Ende war alles viel schlimmer als am Anfang.

Er schien meine Gedanken erraten zu haben.

«Weil du eben ein krummer Hund bist, Junge», sagte er grimmig. «Weil du dir keine Mühe gibst, etwas mit dir anzufangen.»

«Ich versuche gut zu sein, Lieutenant, Sir», versprach ich. Ehrlich, das wollte ich schon immer. Gut sein wie andere. Nur glückte es nie. Alles ging immer schief, und sie sagten, das kann nicht gut gehen, weil er ein Nigger ist. Am Anfang sagen sie, der muß eine Chance kriegen, weil er ein Nigger ist, und am Ende sagen sie, der ist schlecht, weil er ein Nigger ist.

«Du bist ein krummer Hund, Junge. Ich kenne dich. Jetzt tust du, als ob du kein Wässerchen trüben könntest, aber ich weiß, daß du mit Rauschgift handelst, daß du Mädchen ausnimmst, die für dich auf die Straße gehen, und daß du klaust wie ein Rabe und vom Spielteufel besessen bist.»

«Wenn das so ist, dann kann man wohl nicht mehr viel ändern, nicht wahr?»

«Deine Mutter ist krank vor Sorgen um dich.»

«Wer ist meine Mutter? Niemand weiß, wer meine Mutter ist.» Ich starrte angestrengt durch die Windschutzscheibe hinaus. Ich dachte mir, daß er zum Fulton Park fahren würde, und genau das tat er. Es war ein billiger Trick. Ich wußte gar nicht, wie oft ich schon mit ihm hier gewesen war, in dieser schmalen Häuserlücke an der Chauncey Street, schräg gegenüber dem Maschendrahtgehege, das den Korbballplatz umgab.

Hier, im schwachen Lichtschein einer Laterne, die ein Stück der Straße und ein Stück des Parkes beleuchtete, hielt er an. Er stieg aus und wartete, bis ich ebenfalls ausstieg. Es war eine düstere Ecke, und mir wurde immer etwas mulmig zumute, wenn ich mit ihm da war. Es hätte gut sein können, daß man ihm aus dem Dunkeln heraus eine Kugel ins Fell gebrannt hätte, denn Corbin war höllisch unbeliebt in der Gegend. Und auf einen Mord mehr oder weniger kam es ohnehin nicht an. Bei uns wurde laufend geschossen, gestochen, gewürgt und geschlagen. Meistens schreiben nicht einmal mehr die Zeitungen darüber, weil das alles so alltäglich ist wie ein Autounfall.

«Magruder kam von dort», sagte Corbin. «Er fuhr langsam, rollte, ohne ein Geräusch zu machen und ohne Licht. Genau hierher, wo jetzt mein Wagen steht. Und dort drüben in der Häuserlücke war ein krummes Geschäft im Gange, Junge.» So ähnlich fing er immer an. Wie ein Theaterregisseur. So, als wäre dort drüben in der Häuserlücke eine Theaterbühne oder was, und er wäre dabei, ein Drama zu inszenieren.

«Magruder konnte nur die Silhouette der Gestalten ausmachen. Sie waren vermummt. Trugen Skimützen und lange Mäntel.» Corbin machte eine kurze Pause, bevor er fortfuhr. «Die Gestalten bewegten sich, dicht gedrängt und lautlos. Es ging um Stoff, Junge. Um Schnee. Daddy Rich hatte die

Bucks, und zwei Chicanos hatten den Schnee. Vielleicht blitzte ein Messer auf. Vielleicht hörte Magruder einen Schrei. Auf jeden Fall verlangte er über den Radiofunk Verstärkung. Dann parkte er hier. Vielleicht wartete er eine Weile. Vielleicht wollte er vernünftig sein und warten, bis er Rückendeckung hatte.»

«Er lag dort drüben, als man ihn fand», sagte ich und zeigte zur Straßenmitte, etwa zehn Schritte entfernt vom Wagen. Ich kannte die Stelle genau. Als man mich das erste Mal hinbrachte, war dort noch ein dunkler Fleck, obwohl man das Blut weggewischt hatte und obwohl es inzwischen zu schneien angefangen hatte. Und außerdem hatten die Cops von der Spurensicherung mit Kreide genau aufgezeichnet, wo Magruder gelegen hatte. Haargenau. Der Kopf unter einem verdrehten Arm, die Beine angezogen. Drei Kugeln hatten ihn getroffen. Eine in den Bauch. Eine in den Hals und eine in den Kopf. Ich habe die Bilder gesehen. Schlechte Fotos, mit Magruder drauf, tot, die Augen etwas offen und Blut überall.

«Die Frage ist, wo du gestanden hast, Junge», sagte er. «Warst du eine von den Gestalten dort drüben? Oder hat dich Daddy Rich irgendwo hingestellt, damit du aufpassen sollst? Einer von euch muß Schmiere gestanden haben, nicht wahr.»

«Warum hat man dann Magruder erst gesehen, als er ausstieg?» fragte ich.

«Das frag ich dich, Junge. Was ist geschehen? Als die Verstärkung kam, stand Magruder noch. Er taumelte, aber er stand noch. Und Schüsse krachten. Er fiel um, und die Gestalten jagten davon. In alle Richtungen. Zurück in der Häuserlücke blieb einer der Chicanos. Tot. Seine Kehle war durchgeschnitten.»

Ich blickte Corbin von der Seite an. Was wollte er von mir? Wie oft hatte er mir die Geschichte schon erzählt? Wie oft war ich schon hiergestanden, neben ihm? Ich konnte alles haargenau sehen, so wie er es sagte. Aber ich hatte bis jetzt nie weiter über den Cop nachgedacht, der gesehen hatte, wie Magruder zusammenbrach. Ich wußte nur, daß Magruder Verstärkung kriegte und daß er nur ein paar Sekunden hätte warten müssen, bevor er ausstieg.

Magruder war zu unerfahren gewesen, sagte man. Ein Neuling, frisch von der Polizei-Akademie. Keine Ahnung, was hier gespielt wurde. Keine Ahnung von nichts, und wie leicht man das Leben verlieren konnte.

Für einen wie Magruder war es genauso schwierig, hier am Leben zu bleiben wie im Waschpulverwettbewerb hunderttausend Dollar zu gewinnen. Das war eine von Daddy Richs Weisheiten.

«Daddy Rich gehört hinter Schloß und Riegel, Junge», hörte ich Corbin sagen, «bevor er noch mehr Unheil anrichtet. Er ist kein Held, Junge. Es ist falsch, wenn du ihn zu schützen versuchst, weil er es dir nie dankt. Er würde dich umbringen, wenn er Bock darauf hätte. Er würde dich leichten Herzens umbringen, Junge.»

«Ich weiß», sagte ich. «Und wenn ich wüßte, daß er Magruder umgebracht hat, würde ich's sagen. Ehrlich, Lieutenant, Sir. Warum sollte ich lügen? Ich habe keine Angst vor ihm.»

Er legte mir seine Hand auf die Schulter, und ich hoffte nur, daß mich niemand mit ihm so sah, mit seiner Hand auf meiner Schulter, als wäre er mein Vater oder so was Ähnliches.

«Du brauchst wirklich keine Angst zu haben, Junge. Im Gegenteil, wir würden dafür sorgen, daß du von hier wegkommst und daß Daddy Rich eingesperrt wird, bis er grau ist.»

37

Ich starrte zur Häuserlücke hinüber und dachte an DeNevi, den einarmigen Krüppel. Minutenlang standen wir dort im Licht der Laterne. Keiner sagte ein Wort. Wahrscheinlich wollte er mir Zeit geben, noch einmal alles zu überlegen, obwohl das absolut keinen Sinn hatte, weil es nämlich nichts zu überlegen gab.

«Wie heißt der Cop, der Magruder zu Hilfe kommen wollte?» fragte ich aus meinen Gedanken heraus.

Er nahm die Hand von meiner Schulter, drehte sich um und stieg in seinen Wagen. Hatte er meine Frage nicht gehört? Er knallte die Tür hinter sich zu und schaltete die Scheinwerfer ein. Das grelle Licht blendete mich. Ich beschattete meine Augen mit dem Arm. Für einen Moment dachte ich daran, davonzulaufen. Aber das wollte er vielleicht nur. Also ging ich zum Wagen, öffnete die Tür und stieg ein. Er drehte den Zündschlüssel und fuhr so hart an, daß ich das Gefühl hatte, als kippe der Sitz nach hinten. Wir fuhren zum Revier, und ich kriegte keine Zelle für mich und keinen Kaffee oder sonstwas. Sie sperrten mich in eine der Gitterzellen ein, in der es vier Blechpritschen gibt, je zwei übereinander. Und in der Mitte ist eine Latrine. Morgen früh würden sie mich freilassen, das wußte ich. Sie hatten nichts gegen mich in der Hand, um mich festzuhalten. Ich hatte nur versucht, einen Besoffenen davon abzuhalten, Mom halbtot zu schlagen.

3

Sie versuchten es mit einer Tante vom Sozialamt oder vom Jugendamt oder so was, die vor Mitleid nur so triefte, als sie mich in der Zelle eingesperrt sah. Corbin hielt es für überflüssig, auch dabei zu sein, als die Tante sich zu mir setzte und meine Hand zwischen ihre Hände nahm. Sie blickte mir lange in die Augen, und ich dachte, daß so was nie schaden kann. Keine Ahnung, was sie in meinen Augen sehen konnte. Ich wußte nur, daß ich mir selbst ein Rätsel war, wenn ich in den Spiegel guckte. Meine Augen haben immer einen tiefen, samtenen Schimmer, der besonders bei Frauen die merkwürdigsten Wirkungen auslöste. Das erstaunt mich immer aufs neue.

Dieses Mal war es nicht anders. Wir saßen in irgend einem Verhörzimmer, ganz allein, und die Tante sagte, daß sie lieber gleich alles auf ihr kleines Tonbandgerät aufnehmen wolle, weil das dann einfacher war für sie, mich zu analysieren.

«Mein Name ist Esther Frye», sagte sie, «und ich bin vom Jugendamt.» Die Kassette war falsch eingelegt, und sie errötete leicht, drehte sie um und fing noch einmal von vorne an.

«Mein Name ist Esther Frye, und ich bin vom Jugendamt.» Das Tonbandgerät machte ein leises, rauschendes Geräusch. Irgendwie merkte ich, wie in mir etwas passierte. Ich kannte das Gefühl. Wenn es kam, machte ich dicht, dann kam niemand an mich ran. Dann war das wie eine Herausforderung, der ich begegnete, mit Lügen, wenn es sein mußte, mit Schweigen, und wenn man mich mit dem Rücken zur Wand stellte, dann konnte es sein, daß ich durchdrehte und tätlich wurde, wie man es in den Rapporten und den Untersuchungsergebnissen nannte.

Mrs. Frye wußte sicherlich Bescheid. Immerhin hatte sie eine Aktentasche bei sich mit einem ziemlich dicken Ordner. «Laß dich von dem Tonbandgerät nicht stören, Rick», sagte sie und lächelte. «Das ist nur für mich, verstehst du? Damit ich daheim leichter mit dir arbeiten kann.»

«Solange das Tonband läuft, sage ich kein Wort!» entgegnete ich kalt. Und damit hatte es sich. Ich hatte mich eben entschlossen, dicht zu machen, und was immer sie auch sagte, es sollte alles nichts nützen.

«Niemand wird dieses Tonband jemals hören, Rick», versprach sie. «Es ist nur für meinen Gebrauch bestimmt. Außerdem stelle ich dir keine Fragen, die dich in Schwierigkeiten bringen könnten. Es sind allgemeine Fragen: Wie du dich fühlst, Rick, warum du nicht mehr zur Schule gehen willst, warum du lieber auf der Straße bist als zu Hause.»

Ich sah sie von unten herauf an und schwieg. Da legte sie ihre Hand auf meine Hand und streichelte mich. Mir wurde ziemlich ungemütlich.

«Vor mir brauchst du dich nicht zu fürchten», sagte sie. «Ich bin da, um dir zu helfen. Das ist mein Beruf. Das ist meine Aufgabe.»

Es dauerte eine Weile, bevor sie kapierte, daß nichts zu machen war. Sie hatte auch ziemlich Mühe, die Fassung zu wahren. Ich sah ihr an, daß sie eigentlich wütend war. Genau wie Jack, wenn Kim nicht unter dem Herd hervorkommen wollte. Das wurmt innerlich.

Schließlich sagte sie: «Auf diese Art kommen wir nicht voran.» Sie drückte den Aus-Knopf, nahm die Kassette heraus und legte eine andere ein. Dann lehnte sie sich im Stuhl zurück, schlug ihre Beine übereinander und seufzte ein bißchen, während sie aufatmete. Und dabei lächelte sie dieses vage Lächeln, dem ich hätte vertrauen sollen. Aber sie war unsicher. Sie wußte nicht, wie sie mich anpacken sollte.

«Rick, ich kann dir nicht glauben, daß du wirklich so böse bist, wie man sagt. Du bist vierzehn Jahre alt, nicht wahr?»

«Stimmt», sagte ich.

«Was hast du dir gedacht, als du deiner Mutter ins Gesicht geschlagen hast?»

Für einen Moment wußte ich nicht, was sie meinte. Dann fiel mir der Krach mit Mom ein, vor etwa drei Wochen war das. Weil ich zwei Nächte nicht nach Hause gekommen war. Sie hatte ihren schlechten Tag oder was. Auf jeden Fall fiel sie mich wie eine Furie an und versuchte mir mit einer Blumenvase, die ich ihr zum Valentinstag geschenkt hatte, den Schädel einzuschlagen. Und ich wollte sie davon abhalten, und gerade als sie ausholte, da landete meine Faust in ihrem Gesicht, und sie schrie und ließ die Vase fallen und stürzte in ihr Zimmer. Als ich sie später wieder sah, hatte sie eine verkrustete Schramme an der Schläfe. Das sagte ich der Tante vom Sozialamt. Ich sagte ihr nicht, daß Mom versucht hatte, mir den Schädel einzuschlagen. Ich sagte ihr nur, daß es Streit gegeben hatte und ein kleines Handgemenge und daß ich Mom dabei unglücklicherweise verletzt hatte. Und das war die Wahrheit. Ich wollte Mom nicht verletzen. Lieber hätte ich mir selbst die Nase eingeschlagen. Es tat mir wirklich leid, nachdem es passiert war. Ich ging weg, und Little June und ich verbrachten ein paar Stunden im Park, und ich trank ziemlich viel Rum.

«Du willst sagen, daß deine Mutter dir eine Tracht Prügel verpassen wollte, weil du zwei Nächte nicht zu Hause warst, Rick?»

«Nein, sie war wütend, und das war alles. Sie war nur wütend.»

«Sie wollte dich für etwas bestrafen, Rick. Ein Junge in deinem Alter gehört nachts nach Hause. Das weißt du doch. Und als sie dich bestrafen wollte, da hast du sie sozusagen angegriffen.»

Ich gab ihr darauf keine Antwort. Da drückte sie einen Knopf an ihrem kleinen Tonbandgerät. Zuerst hörte ich nur Geräusche. Ein Stuhl wurde gerückt. Jemand räusperte sich. Und dann hörte ich ein Quietschen, das mir bekannt vorkam. Kims Gummiente.

«Ich weiß nicht», sagte Mom plötzlich, «was ich dazu sagen soll.» Sie hustete ein bißchen. Dann knallte etwas, so als ob etwas zu Boden gefallen wäre. «Also», sagte Mom. «Vielleicht sollte ich sagen, daß es besser wäre, wenn man ihn von hier wegholen würde. Es gibt eine Schule, hat man mir gesagt, in Upstate New York. Eine römisch-katholische Schule für Jungen wie ihn.»

«Was ist passiert, Madam?» fragte Mrs. Frye. «Sagen Sie mir, was passiert ist.»

«Oh, er kam zwei Tage nicht nach Hause. Und als er nach Hause kam, gestern, da war er nicht bei Trost. Entweder war er betrunken oder er war *stoned* von dem Zeug, das er raucht. Auf jeden Fall gab es Streit, und er schlug nach mir. Das ist passiert. Nichts Schlimmes. Er ist ein guter Junge. Er ist sonst ein guter Junge, glauben Sie mir. Er braucht Hilfe, das ist es, und ich kann...»

Mrs. Frye drückte den Aus-Knopf. Es wurde mit einem Mal totenstill im Raum. Ich hatte den Kopf gesenkt.

«Du hast deine Mutter geschlagen», sagte Mrs. Frye.
Ich hob den Kopf.

«Das stimmt nicht», sagte ich.

«Willst du damit behaupten, daß deine Mutter lügt?»
Ich senkte wieder den Kopf.

Sie stand auf und kam um den Tisch herum. Sie blieb dicht neben meinem Stuhl stehen, so dicht, daß ich sie riechen konnte. Ihr Parfüm war ziemlich aufdringlich.

«Nun, Rick», sagte sie nach einer Weile, «das willst du nicht behaupten, nicht? Warum sollte deine Mutter lügen? Sie liebt dich, Rick. Wir lieben dich alle, und wir wollen dir helfen. Aber du bist trotzig. Du verschließt dich allen Bemühungen unsererseits.»

Unsererseits! Wie das klang. Als ob sie sich mit der ganzen Welt verbündet hätte.

Am liebsten hätte ich ihr gegen das Schienbein getreten oder sonstwohin. Am liebsten wäre ich aufgestanden, hätte ihren Kassettenrekorder gegen die Wand gedonnert und wäre davongelaufen. Innerlich tobte ich. Ich mußte mich zusammennehmen. Ich mußte zumindest ausharren.

«Schau mich an, Rick», sagte sie.
Ich hob den Kopf und blickte zu ihr hoch. Sie hatte dunkle, warme Augen. Schwülwarme Augen, dachte ich, falls es so was gibt.

«Ich sehe in deinen Augen, daß du sehr, sehr einsam bist, Rick», sagte sie. Und ehe ich mich versah, ergriff sie mit beiden Händen meinen Kopf und drückte ihn fest gegen ihren Schoß. Mir blieb glatt der Atem weg, und ich fürchtete schon, ich müßte ersticken. Sie strich mir über mein Kraushaar, und ich merkte, wie ihr Bauch zitterte oder was. Auf jeden Fall dachte ich, daß es vielleicht besser gewesen wäre, wenn sie sich selbst erst geholfen hätte, als zu versuchen, aus mir einen anderen Menschen zu machen.

Was wußte sie schon von mir! Kein Mensch weiß über mich Bescheid. Ich habe noch nie jemand gesagt, was ich denke. Ich habe mich noch nie bei irgend jemandem ausgeheult oder so, obwohl man schon häufig versucht hat, mich dazu zu verleiten. In der Kirche zum Beispiel. Aber was die so daherredeten, das ergab vielleicht einen Sinn für sie selbst, aber nicht für mich. Sie wußten nicht, wer ich war. Sie hatten keine Ahnung, daß ich an manchen Tagen dreißig Bucks machen konnte, wenn ich wollte. Manchmal mehr. Sie hatten keine Ahnung, daß ich jede Woche ein Paar neue Puma-Runners kaufte und daß ich zur Zeit eine absolute Glückssträhne hatte. Besonders mit den Würfeln. Und ich kriegte den besten Reefer weit und breit, die hübschesten Mädchen verdrehten sich die Augen nach mir, und ich hatte Chancen, einmal ganz groß herauszukommen, mit 'nem schneeweißen Cadi vielleicht oder einem von diesen italienischen Sportwagen, die hunderttausend Bucks kosten, und mit einer Dame, die 'ne schneeweiße Haut hat und Blumen auf dem Hut. Ich war Silkpaw, und ich hatte alles, was ich brauchte. Wer mich erretten wollte, mußte höllisch aufpassen und ganz vorsichtig sein.

Irgendwann ließ sie mich los. Abrupt drehte sie sich um und ging zum Stuhl. Sie schien verwirrt.

«Rick, ich erwarte von dir, daß du wenigstens versuchst, mir zu vertrauen», sagte sie, und ihre Stimme klang jetzt ziemlich schroff.

Außerdem hatte sie rötliche Flecken im Gesicht. Ich versuchte zu schätzen, wie alt sie war. Ziemlich alt, dachte ich. Bestimmt fünfundzwanzig. Hübsch war sie bestimmt, für ihr Alter. Etwas flachbrüstig, aber sie hatte lange Beine und eine zarte, weiche Haut und schöne, schmale Hände. Vielleicht war sie es, die einsam war.

«Ich will, daß du dir überlegst, was du ändern könntest», sagte sie. «In der Beziehung zu deiner Umwelt, meine ich. Im Hinblick auf dein weiteres Leben. Es kann doch nicht deine Absicht sein, im Gefängnis zu landen wie dein Vater.» Mein Vater hat dreimal lebenslänglich in Attika. Das sagte man. Genau weiß ich es nicht. Ich habe noch nie nachgeforscht. Ich habe nicht im geringsten Bock darauf, herauszufinden, ob mein Vater wirklich der ist, der in Attika dreimal lebenslänglich abhockt, oder ein anderer. Ich weiß nicht einmal, ob ich eine Mutter habe. Das heißt, ich weiß schon, daß ich irgendeine Mutter habe, aber ich weiß nicht, ob Mom meine Mutter ist oder sonst wer. Die Leute redeten. Ich hatte einiges gehört. Nichts Genaues. Nur Gerüchte.

«Es macht mir nicht viel aus, Zeit abzuhocken, wenn es schnell geht», sagte ich, ohne sie anzublicken. Ich wußte, daß ich sie damit schocken konnte.

Sie holte tief Luft.

«Du weißt nicht, was du da sagst, Rick. Ich glaube, du willst mich nur ärgern, aber das wird dir nicht gelingen. Ich weiß, daß du im Grunde deines Herzens ein guter Kerl bist. Du hast nur kein Vertrauen, zu niemandem. Das mußt du lernen. Du mußt lernen, mir zu vertrauen.»

Ich blickte auf. «Kann ich jetzt gehen?»

«Es ist dir unbehaglich, wenn ich dir Fragen stelle, nicht wahr? Es ist dir unbehaglich, weil du meinst, es würde dir etwas geschehen, wenn ich mehr über dich wüßte. Laß dir eines sagen, Rick: Wenn ich weiß, daß du von hier weg willst, dann werde ich dafür sorgen, daß du in der St. Gregory-Schule aufgenommen wirst, hörst du. Deine Mutter sagte mir, daß du Talent hast. Du kannst malen und zeichnen. Sie meint, daß aus dir ein Künstler werden könnte.»

Ich lachte. Sie hatte recht. Das einzige, was mir in der Schule Spaß gemacht hatte, war Zeichnen und Malen. Und manchmal, wenn ich plötzlich Bock drauf hatte, holte ich ein paar Dutzend Sprühdosen mit verschiedenen Farben und ließ meiner künstlerischen Phantasie freien Lauf. Das letzte Mal hatte ich über Nacht die gekachelte Fassade von Bill Robinsons Metzgerei an der Fulton Street in ein Kunstwerk verwandelt, das inzwischen schon fast zu einer Touristenattraktion geworden ist.

«Ich will kein Künstler werden», sagte ich.

«Was willst du dann werden?» fragte sie hoffnungsvoll.

«Nichts», sagte ich. «Ich kann nicht lesen, nicht schreiben und nicht rechnen. Niemand würde mich anstellen. Also will ich nichts werden. Jack hat mir einmal gesagt, daß ich vielleicht als Zuhälter Erfolg haben könnte.» Ich grinste unverschämt, während sie rot wurde wie eine Tomate und schnell ihr Zeug vom Tisch nahm und in ihrer Aktentasche verstaute.

«Gut», sagte sie, ohne mich anzusehen. «Wir werden uns öfters sehen, Rick. Ich bin beauftragt, mich um dich zu kümmern. Als Vormund. Das heißt, ich bin für das, was du tust, mitverantwortlich. Ich hoffe, du nimmst darauf Rücksicht, Rick.»

«Ich werde mir Mühe geben», sagte ich.

«Gut.» Jetzt blickte sie auf und lachte. «Du bist ein ganz schönes Früchtchen», sagte sie.

Ich stand auf und hob die Schultern. «Ich komme ganz gut mit mir selbst zurecht», sagte ich. «Kann ich jetzt gehen?»

«Wir gehen zusammen. Ich bring dich nach Hause.»

Schon wieder wollte jemand mit mir in der Gegend herumfahren. Daß es mir zumindest peinlich sein könnte, wenn man mich mit ihr sah, fiel ihr natürlich nicht ein. Die Tante hatte eben keine Ahnung von nichts, wie Magruder. Und das konnte gefährlich sein. Wenn man mich mit ihr sah, dann würde das Gerede geben. Nicht, daß es mir etwas ausgemacht hätte, mit einer weißen Tante gesehen zu werden, die was drauf hat. Aber nicht mit dieser alten Schrulle. Ich sagte nichts, weil ich nicht so recht wußte, wie sie es aufgenommen hätte. Als Vormund, meine ich. Ein Vormund hat bestimmte Rechte und so. Ich nahm mir vor, sie weichzukriegen. Nach und nach. Und irgendwann hatte ich sie entweder im Griff, oder sie gab weinend auf. Mir war das im Grunde genommen egal.

Corbin ließ sich nicht blicken, als man mir mein Zeug übergab, die Schnürsenkel und den runden Zigarettenbehälter aus Leichtmetall, in dem ich den Torpedo aufbewahrte. An diesem Morgen war nicht viel Betrieb auf dem Revier, aber das würde sich im Laufe des Tages schon noch ändern. Die Tante vom Sozialamt fuhr einen Toyota Corolla, bräunlich-grau und mit einem hundsgewöhnlichen Autoradio, das nicht einmal UKW hatte. Irgendwie herrschte Spannung zwischen uns. Sie schaltete das Radio ein, und Barry Manilow sang einen völlig ausgelaugten Sinatra-Song, echt weißamerikanisch, ohne ein bißchen Soul drin, ohne Blut und so. Mir war ganz unbehaglich, und sie merkte es, lächelte schwach von der Seite und drehte am Knopf. Irgendwo kam Bruce Springsteen rein, und sie dachte, daß das mehr nach meinem Geschmack wäre, *Born in the USA,* aber ehrlich gesagt wäre mir *Kool & the Gang* lieber gewesen oder *Chaka Khan.*

Zwischen der Marcy Avenue und der Tompkins Avenue merkte sie, daß wir verfolgt wurden. Sie wurde nervös. Hinter uns fuhr ein 81er Cadillac Seville, silbergrau mit dunkel getönten Scheiben und mehreren Antennen.

«Ich nehme an, das sind Freunde von dir, Rick», sagte Mrs. Frye. Ihre Stimme zitterte etwas. Wir waren in einem ziemlich düsteren Stück der Madison Street. Unsere Gegend sieht sonst nicht schlecht aus. Nicht so wie Süd-Bronx und besser als Harlem. Früher, hieß es, war Bedford Stuyvesant fast ein Nobelbezirk der Schwarzen gewesen, als es noch erlaubt war, Schwarze «Nigger» zu nennen oder einfach «Boy». Die Straßen verlaufen alle parallel zueinander, ungefähr Nord-Süd und West-Ost. Fast alle Häuser sind aneinandergebaut, schmale Backsteingebäude, einige doppelstöckig, einige drei- und vierstöckig, und alle hatten Treppen, die zur Eingangstür hochführten, mit schmiedeeisernen Geländern. Früher soll das alles ziemlich sauber und schön gewesen sein, aber inzwischen ist der Stadtteil an einigen Stellen zerfallen. Da sind plötzlich verlassene Häuser, Ruinen, die allmählich in sich zusammenfallen, Trümmerhaufen, Glassplitter, Autowracks. Meistens fängt es damit an, daß in einem Haus die Scheiben in die Brüche gehen und die Leute ausziehen. In den leeren Häusern nisten sich Leute ein, die kein Zuhause haben. Und Ratten. Danach geht es meistens schnell.

Wir waren also an einer Stelle, die wie ein Geschwür aussah, mit zerfallenen Mauern, auf denen allerlei Sprüche standen und Zeichnungen, manche so übel, daß mein Künstlerherz blutete, wenn ich sie betrachtete. Und der Cadillac folgte uns dicht. Trotz der dunklen Windschutzscheiben konnte ich sehen, daß Malcolm am Steuer saß und neben ihm Spider Man. Und hinten im Fond, davon war ich überzeugt, gab

Daddy Rich Anweisungen, um seiner Dame zu imponieren. Bestimmt hatte er eine Frau dabei, und sie tranken teuren kanadischen Whisky, rauchten einen Joint aus seiner goldenen Zigarettendose mit erstklassigem *Chiba Chiba* und fanden es absolut geil, die Tante vom Sozialamt ein bißchen das Fürchten zu lehren. Der Cadillac kam immer dichter ran, und Mrs. Frye wurde so nervös, daß ihr der Schweiß ausbrach. «Oh, mein Gott», stieß sie entsetzt hervor, als der Toyota Corolla einen kleinen Sprung machte und ein bißchen schlingerte. Zwei-, dreimal schubsten sie den Toyota an, und jedesmal schien es, als würde er alle vier Räder gleichzeitig verlieren. An der nächsten Kreuzung bog die Tante vom Sozialamt aber geistesgegenwärtig nach links ab, rammte beinahe einen alten, völlig zerbeulten Nash und fuhr in einem Affenzahn die schmale Straße hoch bis zur nächsten Kreuzung. Dort, vor einer Billardhalle, parkte sie am Straßenrand, lehnte sich zurück und holte erst einmal tief Luft, bevor sie sich mir zuwandte.

«Ich bin sicher, daß du weißt, wer mit uns dieses gefährliche Spiel treiben will, Rick», sagte sie schroff.

Ich nickte. «Fahren tut Malcolm, der Butler. Und neben ihm sitzt Spider Man.»

«Ich brauche dir wohl nicht zu sagen, wie verwerflich das ist, Rick. Es hätte einen Unfall geben können, mit unschuldigen Opfern. Sag deinen Freunden, ich bin nicht gewillt, solcherlei Scherze mit mir machen zu lassen.»

«Sie sollten vielleicht nicht hierherkommen, Mrs. Frye», sagte ich und nannte sie zum ersten Mal beim Namen.

«Du kannst mich Esther nennen, Rick», erwiderte sie. «Immerhin werden wir in Zukunft viel Zeit miteinander zu verbringen haben und uns dabei ziemlich nahe kommen.»

Darauf schwieg ich lieber. So, wie sie sich über die kleine

Anrempelei aufregte, hatte sie keine reelle Chance, alt zu werden. Nicht hier in unserer Gegend.

Sie wartete mindestens fünf Minuten, bis sie weiterfuhr. Der Cadillac tauchte nicht mehr auf, aber als wir in die Straße einbogen, in der ich wohnte, entdeckte ich sofort DeNevi. Mir wurde schwindelig. Er stand neben dem Hauseingang bei den Mülltonnen. Er sah ziemlich mitgenommen aus in seinem schäbigen Zeug. Außerdem waren seine Bartstoppeln länger geworden, und er hatte Ringe um die Augen. Als wir auf der anderen Straßenseite anhielten, steckte er sich eine krumme Zigarette zwischen die Lippen. Er zündete sie nicht an.

Ich stieg aus.

«Willst du, daß ich mit dir raufkomme?» fragte sie.

«Wozu?»

«Hm. Vielleicht könnte ich deiner Mutter sagen, daß du dir vorgenommen hast, dich zu bessern.»

Am liebsten hätte ich ihr gesagt, daß ich nicht den geringsten Grund hätte, mir so was überhaupt vorzunehmen, und daß sie sich jetzt endlich zum Teufel scheren sollte. Aber da sie keine Anstalten machte, ebenfalls auszusteigen, ließ ich sie einfach sitzen und ging über die Straße direkt auf DeNevi zu.

Er erwartete mich.

«Hast du Feuer, Boy?» fragte er.

Ich blieb vor ihm stehen. «Nein! Alles, was ich habe, ist ein Ratschlag! Verschwinden Sie von hier, DeNevi! Ich weiß jetzt, wer Sie sind! Lassen Sie mich in Ruhe und verschwinden Sie von hier, bevor Ihnen noch etwas Schlimmeres passiert als das, was Ihnen schon passiert ist! Klar?»

Seine Augen wurden mit einem Mal eng, und bevor ich mich auf seine Wut eingestellt hatte, packte er mich am

T-Shirt, handbreit unter dem Adamsapfel. Er drehte den Stoff, daß die Nähte krachten, und hob mich beinahe von den neuen Pumas.

Ich hörte die Tante vom Sozialamt schreien. Wahrscheinlich dachte sie, ich würde umgebracht. Auf jeden Fall stürzte sie über die Straße und schwang ihre kleinen Fäuste, aber DeNevi wandte sich einfach zu ihr und sagte mit Todesverachtung in seiner Stimme:

«Sie mischen sich besser nicht ein, Gnädigste!»

Mehr nicht. Aber es genügte. Sie blieb nämlich stehen, die Fäuste erhoben, und alle Farbe wich aus ihrem ohnehin schon ziemlich blassen Gesicht.

«Wer sind Sie?» fauchte sie DeNevi an. «Wer gibt Ihnen das Recht, diesen Jungen zu verprügeln?»

Er hielt mich noch immer fest, und ich merkte, daß er einen kräftigen Griff hatte. Wie eine Stahlklammer. Allerdings versuchte ich nicht, mich loszureißen. Ich hätte ihn ja auch ins Ohr beißen können.

«Der Junge und ich, wir sind alte Freunde», log DeNevi. Und er grinste sie unverschämt an. «Diese kleine Auseinandersetzung ist freundschaftlicher Natur. Nicht wahr, mein Junge? Du hast nichts dagegen, wenn ich dich daran erinnere, daß du mir Respekt entgegenbringen sollst.»

«Es geht schon in Ordnung, Ma'am», keuchte ich. Mein eigenes T-Shirt drückte mir die Luft ab. Und ich hatte DeNevis harte Faust direkt unter dem Kinn. Trotzdem gelang es mir, ihr zuzuzwinkern. Und ein Grinsen versuchte ich auch. Sie sah ein, daß es keinen Sinn hatte, irgend etwas zu unternehmen.

«Merkwürdige Sitten sind das», sagte sie. «Damit Sie Bescheid wissen, Mister, ich bin vom Sozialamt und von Rechts wegen Ricks Vormund. Falls Sie also irgendwelche

Beschwerden über ihn vorzubringen haben, so bin ich gern bereit, Ihnen zuzuhören.»

«Sie kriegten Ohrensausen davon», knurrte er. Dann ließ er mich los, drehte sich um und ging davon, ohne ein weiteres Wort zu verlieren. Wir schauten ihm hinterher, die Tante und ich, und ich wußte, daß er auf sie einen beträchtlichen Eindruck gemacht hatte.

«Wer war dieser ... dieser Mann?» fragte sie.

«Einer, der meint, ich hätte jemand umgebracht», sagte ich rauh.

«Oh, mein Gott», entfuhr es ihr. «Das ist doch unmöglich, nicht wahr, Rick? Du hast bestimmt niemand umgebracht.»

«Natürlich nicht», sagte ich grinsend. Dann ließ ich sie stehen und ging ins Haus. Als ich die Treppe hochging, hörte ich Mom singen. Sie sang nicht mehr oft. Früher hatte sie häufig gesungen. Als ich klein war, meine ich.

4

Ich lag auf dem Faltbett, und Kim spielte in der Ecke, schräg unter dem Fenster, und ich dachte über alles nach, was passiert war, seit ich den Leichenwagen vor Gladys' Haus gesehen hatte.

Jack war bestimmt noch im Gefängnis. Vierundzwanzig Stunden hielten sie ihn schon fest, und dann würde er kaum hierher zurückkommen, sondern seine Familie besuchen oder so. Mir war das egal. Ich wünschte mir, er würde nie mehr wiederkommen, aber das war natürlich ein ziemlich egoistischer Wunsch, er kam ja nicht wegen mir, sondern wegen Mom. Und Mom wollte bestimmt, daß er zurückkam.

Mom räumte ihr Zimmer auf, und dann kam sie in die Küche und wusch ein paar Sachen im Waschbecken. «Wenn ich dein Hemd waschen soll, gib es mir», sagte sie. Ich setzte mich auf und gab es ihr. Zuerst wollte ich sie fragen, ob sie tatsächlich gesagt hatte, ich hätte ihr ins Gesicht geschlagen. Mit Absicht. Aber ich verzichtete darauf.

Sie sang, während sie wusch, und Kim traute sich fast aus der Ecke heraus. Ich lag auf meinem Faltbett. Es war heiß. Fliegen summten in der Küche herum. Ich dachte an Gladys und an Little June. Mir war ziemlich merkwürdig zumute. Innerlich, meine ich. Irgendwie hatte es etwas mit der Tante vom Sozialamt zu tun. Mit Esther Frye, meine ich. Jetzt, wo ich auf dem Bett lag und nachdachte, erschien sie mir plötzlich anders. Irgendwie ziemlich hübsch und so. Wahrscheinlich hatte mich ihr Parfüm betäubt.

Ich stand auf. Mom beobachtete mich, während sie wusch. Kim beobachtete mich auch. Ich ging zu ihr, und erst wollte sie unter dem Gasherd verschwinden, aber dann drückte sie sich nur in die Ecke rein und schaute durch mich hindurch. Ich kauerte bei ihr nieder und blieb eine Weile dort und streichelte sie. Und während ich sie steichelte, kehrte ihr Blick ab und zu aus der Ferne zurück, und ich sah, wie sie es mochte, wenn ich sie streichelte. Sie war ein hübsches kleines Mädchen, mit großen Augen. Mom hätte ihr das Haar aufmachen und einmal durchkämmen sollen.

Ich ging hinaus. Mom fragte nicht, wohin ich gehen würde. Aber sie sah, daß ich die Automatic einsteckte, eine kleine 25er Pistole, die ich Gugu abgekauft hatte. Und Gugu hatte sie von einem, der sie bei ihr unterm Kopfkissen liegen gelassen hatte. Jetzt war er im Knast, und ich hatte seine Knarre. So nimmt alles seinen Lauf. Wenn man versucht, das Rad aufzuhalten, kann man leicht die Finger verlieren. Das war ein anderer von Daddy Richs bereits legendär gewordenen Sprüchen.

Ich ging zum Haus, wo Tante Gladys gestorben war. Unten war die Tür offen. Drüben, etwa fünfzig Yards entfernt, war der silbergraue Cadi von Daddy Rich geparkt. Mir wurde ziemlich mulmig, aber umkehren wollte ich auch nicht. Also entsicherte ich die Automatic und ging die Treppe hinauf.

Sie waren alle im Zimmer, in dem Tante Gladys gestorben war. Daddy Rich, Spider Man und Malcolm, der Butler. Und Little June. Die Fensterläden waren zu, und es war beinahe dunkel im Zimmer. Das Bett war nicht mehr bezogen. Nur die Matratze lag dort. Und Little June stand mit dem Rücken zur Wand neben einer alten Kommode mit offenen Schubladen. Little June war offenbar dabei gewesen, die Wohnung zu räumen. Sie trug nur einen kurzen Unterrock, und der war beinahe durchsichtig. Der Teufel wußte, warum sie solche Klamotten trug. Sie war eben anders.

Als ich hereinkam, hob sie ihre mageren Schultern und zog den Kopf ein. Wie ein nasser Vogel, dachte ich. Daddy Rich, der auf dem Bett saß, zog die Oberlippe von seinen Goldzähnen. Er trug eine dunkle Sonnenbrille mit Hornrahmen. Ich fragte mich, ob er bei diesem Licht überhaupt etwas sehen konnte.

Ich blieb im Türrahmen stehen und ließ die Tür offen. Irgend etwas stimmte nicht. Es stimmte überhaupt nie, wenn wir uns trafen. Spider Man hatte ein hämisches Grinsen in seiner Fresse. Ich mochte es nicht, dieses Grinsen. So als wäre er der Größte. Aber da täuschte er sich. Er war ein Fixer, der nur noch grinsen konnte, wenn er sich kurz vorher einen Schuß gesetzt hatte.

«Was ist los?» fragte ich.

Malcolm, der Butler, kicherte dämlich.

«Der Kleine hat gefragt, was los ist», wiederholte er meine Frage.

Ich sah Little June an, und sie senkte die Lider.

Daddy Rich streckte seine Hand nach ihr aus. «Komm her, Täubchen», sagte er.

Little June zögerte. Dann ging sie zu ihm, und er legte einen Arm um ihre Taille und zog sie zu sich aufs Knie herunter. Mir wurde ganz heiß im Kopf, und mein Blut raste. Ich hätte ihn leicht über den Haufen schießen können.

Daddy Rich räusperte sich. «Vielleicht Kleiner, vielleicht wäre es gesünder, wenn du die Hand aus der Hosentasche nimmst.» Er lachte. «Wetten, daß es gesünder wäre.»

«Sei kein Idiot, Silkpaw», sagte Spider Man, ohne daß das hämische Grinsen aus seiner Visage verschwand. «Du weißt doch, wir mögen dich, und keiner will hier ein Blutbad veranstalten.»

«Mir ist wohler mit der Hand in der Tasche», sagte ich. Das konnte ich alles schon gut. Reden wie einer, der völlig im Bilde ist. Das hatte ich früh gelernt.

«Okay, Kleiner», sagte Daddy Rich. «Okay, aber denk daran, daß wir Freunde sind.»

«Was tut ihr hier?»

Daddy Richs Goldzähne blitzten. «Ein Kondolenzbesuch ist das, Kleiner. Wir dachten, das läßt sich alles in einem machen. Zuerst wollte ich dich daheim besuchen, aber dann fiel uns ein, daß Tante Gladys gestorben ist und Little June jetzt ganz allein dasteht.» «Sie kommt durch», sagte ich.

Daddy Rich lachte. Übermäßig laut. Manchmal ging mir sein Lachen auf die Nerven. Jetzt, zum Beispiel.

«Hast du gehört, was der Kleine gesagt hat, Täubchen? Der Kleine traut dir viel zu. Der hat keine Ahnung, wie hilflos und einsam du in Wirklichkeit bist. Allein auf dieser Welt. Den Haien zum Fraß ausgeliefert.»

Little June hob den Kopf.

«Niemand braucht sich um mich Sorgen zu machen», sagte sie.

«Wir machen uns aber Sorgen um dich, Täubchen. Stimmt's, Kleiner? Wir machen uns Sorgen um Little Junes Zukunft. Wo kann sie denn wohnen? Wo kann sie ein Zuhause finden? Bei dir vielleicht? Eure Bude ist klein. Außerdem kommt Jack zu Besuch. Du weißt ja, wie der ist. Könnte seine Finger nicht lange von ihr lassen. Und es gäbe Streit, und am Ende müßtest du ihn umlegen, oder einer von uns müßte ihn umlegen.»

Spider Man nickte. «Vielleicht würde ich ihn umlegen», sagte er.

«Seid ihr alle verrückt geworden», sagte Little June. Ihre Stimme wurde etwas kräftiger. «Niemand bringt niemanden um!» Sie versuchte sich von Daddy Rich zu lösen, und er gab sie frei. Sie kam zu mir und wollte sich bei mir einhaken, ausgerechnet am Arm, den ich notfalls gebraucht hätte, um die Automatic aus der Tasche zu ziehen. Ich trat zur Seite.

«Der Kleine mag es nicht, wenn man ihm zu nahe kommt», sagte Daddy Rich. «Heh, ich mag dich, Kleiner. Das weißt du. Ich mag nur nicht, wenn du dich mit den falschen Leuten herumtreibst.»

«Was meinst du?»

«Corbin, zum Beispiel.»

«Er läßt nicht locker.»

«Hast du ihm gesagt, daß du von nichts weißt?»

«Ja. Ich weiß von nichts. Das steht schon im Protokoll.»

«Corbin bringt es fertig, daß ihm jemand mal 'ne Kugel ins Kreuz schießt», sagte Daddy Rich. «Man sollte ihm den Rat geben, mit der Schnüfflerei aufzuhören, solange Zeit dazu ist. Die Sache ist doch erledigt. Magruder ist tot. Kein Schwein weint ihm eine Träne nach.»

«Soviel ich weiß, hat er Familie», sagte Malcolm, der Butler.

Darauf sagte niemand etwas. Daddy Rich holte sein goldenes Zigarettenetui aus der Tasche, öffnete es und nahm einen Joint heraus. Er roch erst daran, bevor er ihn anzündete. Er nahm einen Zug, inhalierte tief und streckte dann die Hand mit dem Joint aus. «Hier, Kleiner, bedien dich», sagte er.

Ich hob die Schultern. Irgendwie hatte die Spannung nachgelassen. Es war wieder alles bestens. Ich nahm einen Zug vom Joint und gab ihn June. Sie verzichtete, und ich gab ihn an Malcolm weiter.

Daddy Rich lachte. Der Rauch kam aus seiner Nase, während er lachte.

«Friede?» fragte er lachend. «Freundschaft?»

«Friede», sagte ich.

«Okay, Kleiner. Okay.» Er stand auf und kam zu mir herüber und legte einen Arm um mich. «Haben wir die Tante erschreckt, mit der du heute morgen spazierengefahren bist?»

«Und wie», sagte ich.

«Wer ist die Tante?»

«Vom Sozialamt oder so was.»

«Jugendfürsorge?»

«So was Ähnliches. Sie ist mein neuer Vormund.»

«Hast du das geprüft? Ich meine, hat sie dir das gezeigt? Die Vollmacht, meine ich.»

«Sie ist mein neuer Vormund.»

«Bist du sicher?»

«Absolut.»

«Sie könnte auch ein Cop sein.»

«Unmöglich. Dazu hat sie den Nerv nicht.»

«Wie heißt sie?»

«Frye. Esther Frye.»

«Hast du was dagegen, wenn ich sie mal genauer in Augenschein nehme?»

«Na, warum sollte ich was dagegen haben.»

«Einfach so. Sie ist ein ziemlich scharfes Luder, so wie sie aussieht. Hätte nichts dagegen, wenn sie mal mit mir spazierenfahren würde.» Er lachte, und Malcolm kicherte. Spider Man war inzwischen ziemlich weg, weil er wahrscheinlich schon vorher geladen hatte.

«Also, ich mach dir 'nen Vorschlag, Kleiner», sagte Daddy Rich. Er ließ mich los und legte statt dessen einen Arm um

Little June. «Ich kümmere mich um Little Junes Wohlerge-
hen, und von dem, was dabei rausspringt, kriegst du zehn
Prozent.»
Ich grinste. «Das ist ein schweinischer Vorschlag, Daddy
Rich», entgegnete ich kalt. «Little June ist meine Freundin.»
Er schüttelte den Kopf. «Wenn sie deine Freundin wäre,
würdest du dafür sorgen, daß sie irgendwo unterkommen
kann, Kleiner.»
«Ich mag es nicht, wenn du ihn immer Kleiner nennst», warf
Little June ein.
«Ich sage Kleiner zu ihm, seit ich ihn kenne. Und das ist
lange her. Damals war er eben noch klein.»
Er wandte sich mir zu. «Was sagst du, Kleiner?»
«Ich habe gesagt, was zu sagen ist», sagte ich. «Little June
ist meine Freundin. Ich sorge dafür, daß sie wo unter-
kommt.»
«Hm, wenn das so ist, dann will ich mich nicht aufdrängen,
Kleiner.» Er ließ Little June los, drehte sie dabei aber um
ihre eigene Achse, so daß sie für einen Moment aussah wie
eine Tänzerin auf einer Spieldose. Der Unterrock flog, und
der hauchdünne Stoff umspielte ihren schlanken, dunklen
Körper. Am liebsten wäre ich ohnmächtig geworden.
Daddy Rich pfiff durch seine Goldzähne.
«Mann, Kleiner, du weißt gar nicht, was dir entgeht. Ich
habe Kunden, die würden für ein Mädchen wie Little June
ein Vermögen zahlen.»
«Ich kümmere mich um Little June», sagte ich. «Verdammt,
laß lieber die Finger von ihr, hörst du. Ich mag das nicht,
wenn man an meinem Privateigentum rummacht.»
«Heh, wir sind Freunde, Mann. Stimmt's?»
«Ja.»
«Gut.» Er streckte mir die Hand hin, mit seinen manikürten

Fingernägeln und den protzigen Ringen, voll mit Brillanten oder Diamanten und so. Ich gab ihm die Hand, und er drückte sie ziemlich fest, aber nicht so fest, daß ich mit der Wimper gezuckt hätte. Wir schauten uns tief in die Augen. Das gehörte zum Spiel. Man hat anschließend das Gefühl, als wüßte man Bescheid. So als hätte man den anderen im Griff.

«Mach's gut, Kleiner», sagte er plötzlich, «und denk daran, ich bin immer für dich da.»

Er gab Little June einen Kuß auf den Mund, bevor er ging. Malcolm, der Butler, kicherte, als er an mir vorbeiging, und boxte mir leicht gegen die Schulter. Und Spider Man sagte, daß ich am Abend ins Club House kommen solle. «Verdammt, wir dachten schon, jetzt behalten sie dich für 'ne Weile im Knast, als wir hörten, daß du Jack ein bißchen angestochen hast.»

«Ich habe Jack nicht angestochen», sagte ich. «Es war ein Unfall.»

«Schöner Unfall, Mann. Ich habe davon gehört, Silkpaw. Mir kannst du sagen, was du willst. Ich weiß, was sich bei dir daheim abgespielt hat.»

Er spuckte seinen Kaugummi aus und verschwand. Solange ich ihn kannte, wußte er immer alles besser. Man konnte nichts machen. Auf jeden Fall wußten sie jetzt Bescheid, was Little June betraf. Mir war eigentlich nur peinlich, daß ich hatte sagen müssen, was ich gesagt hatte. Von wegen Freundin und so. Jetzt, nachdem sie gegangen waren, herrschte eine verdammt unangenehme Stille im Zimmer. Ich starrte zu Boden und rührte mich nicht vom Fleck. Eine Ewigkeit verstrich. Schließlich bemerkte ich, daß Little June sich bewegte. Eigentlich nahm ich nur einen huschenden Schatten wahr, und ich blickte auf und sah, daß sie zum Schrank ging und ein Kleid herausnahm. Es war ein grünes Kleid, das ich schon einige Male an ihr gesehen hatte und das ihr besonders gut stand. Warum, zum Teufel, macht sie so lange, dachte ich. Sie lächelte scheu, und mir wurde ganz warm ums Herz. So hatte ich sie noch nie gesehen, so schön und so. Am liebsten hätte ich sie umarmt. Richtig umarmt. Aber ich traute mich nicht, hinzugehen und sie zu umarmen. Ich war wie gelähmt.

«Gefällt dir das Kleid?» fragte sie.

Ich wollte ja sagen, aber meine Kehle war trocken, und ich hatte einen Klumpen drin, und so nickte ich nur. Sie hielt das Kleid gegen ihren Körper und kam auf mich zu. Sie hatte die schönsten Augen auf der Welt und den schönsten Mund mit den schönsten Zähnen. Überhaupt, ich war überzeugt, daß sie das schönste Mädchen war, das es gab, und dann stand sie dicht vor mir, und das Kleid, das sie festhielt, war zum Glück zwischen uns, weil nämlich der Unterrock hauchdünn war, und mir war es so schon peinlich, vor ihr zu stehen.

«Es war nett von dir, daß du das gesagt hast, Silkpaw», sagte sie. «Als Daddy Rich herkam, fragte er mich, ob ich dein Mädchen bin oder was, und ich sagte, ich wüßte es nicht. Es war nett, daß du gesagt hast, ich sei deine Freundin.»

Plötzlich stellte sie sich auf die Zehenspitzen, und ich dachte, das ist alles nur einer von meinen wirren Träumen, weil sie mich nämlich ganz schnell auf den Mund küßte. Das war das erste Mal, daß das in Wirklichkeit geschah, und obwohl es nur eine Sekunde dauerte oder so, spürte ich ihre Lippen noch tagelang und danach, und die Erinnerung machte mich ganz krank.

«Warte bitte draußen, Silkpaw», sagte sie, nachdem sie mich

geküßt hatte, und ich war irgendwie froh, daß ich ganz schnell verschwinden konnte. Ich wartete im Treppenhaus und überlegte fieberhaft, wo ich Little June hätte unterbringen können. Daddy Rich hatte recht. Sie brauchte ein Zuhause, wo sie geschützt war vor den Haien und vor allem vor Daddy Rich und den anderen. Mir fiel nichts ein, und ich geriet beinahe in Panik.

Natürlich wußte ich, Daddy Rich wartete nur darauf, daß Little June zu ihm kam, weil sie jemand brauchte, der für sie sorgte und sie beschützen konnte und so.
Ich half Little June mit dem Kram, der Tante Gladys gehört hatte. Wir packten alles in eine alte Kiste, und Little June sagte, daß ein Mann von der Heilsarmee herkommen und das Zeug abholen würde, das Bett auch und die ganzen Möbel. Wir waren mitten in der Arbeit, als der Hausbesitzer kam, Mr. Wolcott, ein Mann mit einem grauen Vollbart und dicken, buschigen Brauen. Er fragte sofort, ob wir irgendwo Geld gefunden hätten, und Little June sagte, daß Tante Gladys nur ein paar Cents in ihrem Geldbeutel hatte, als sie starb, weil der Scheck von der Altersversicherung noch nicht angekommen war. Der Hausbesitzer suchte ein bißchen herum und entschied sich, einen Kerzenständer aus Silber mitzunehmen. «Als Garantie», erklärte er. «Für die Monatsmiete.»
Er sagte, daß er die Wohnung in zwei Tagen an neue Mieter abgeben wollte; eine Familie mit drei Kindern. «Ich hoffe, daß bis dahin das ganze Zeug draußen ist.»
«Bis zum Monatsende gehört Tante Gladys die Wohnung», widersprach Little June.
Der Mann lachte. «Tote haben keine Wohnungen, Mäd-

chen», sagte er. «Großzügig von ihr, daß sie nicht am Letzten eines Monats gestorben ist. Ich war nachsichtig genug mit ihr. Meiner Meinung nach hätte sie längst in ein Altersheim gehört.»

«Ich habe für sie gesorgt», gab Little June zurück. «Die Wohnung ist sauber, oder nicht?»

«Du hast gut für sie gesorgt, Mädchen.» Er lächelte schmierig und winkte Little June heran. «Komm her, ich will mit dir reden.»

Little June ging zu ihm, und er nahm sie beim Arm und musterte sie aus der Nähe von Kopf bis Fuß. Was er sah, gefiel ihm. «Schön, Mädchen, wenn du willst, kannst du in meinem Haus Beschäftigung finden. Bei mir gibt es immer was zu tun. Wie heißt du?»

«June.»

«Du würdest es nicht bereuen, für mich zu arbeiten, June.» Little June schüttelte den Kopf und sagte ihm, daß sie nicht für ihn arbeiten wolle, und er war ziemlich enttäuscht, als er ging. Unten lärmte er mit dem Alten herum, der im Parterre wohnte.

Little June und ich, wir sahen uns lange an. Dann lachten wir beide, und sie sagte, daß es offenbar ziemlich leicht für sie wäre, irgendwo unterzukommen.

«Komm, wir gehen zu Bee Gee's», sagte ich. Ich hatte genug von der alten, muffigen Wohnung, in der noch der Geruch vom Sterben hing. Draußen war es heiß, und die Sonne brannte auf uns nieder. Wir gingen zu Fuß hinunter zum Park und setzten uns auf die Mauer. Bei uns ist der Park nicht gerade ein Paradiesgarten. Die alten Bäume hatten längst keine Blätter mehr. Eigentlich waren es nur noch Skelette ohne Rinde. Im Winter machten wir oft Feuer, und das hatten die Bäume nicht überlebt. Wenn wir im nächsten

Winter Feuer machen wollten, mußten wir Holz von woanders mitbringen.

Auf dem Korbballplatz war ein heißes Spiel im Gange. Die Kleinen spielten. Ich sah Snootchy Fingers, diesen langen dürren Typ, der etwa zwei Jahre jünger war als ich. Er war der beste Korbballspieler weit und breit, absolut todsicher mit Würfen vom Kreis. Überall hockten Leute herum. Ich kannte die meisten. Einige nur vom Sehen und so. Und die meisten kannten mich, besonders nach der Sache, die mit Magruder passiert war im letzten Winter.

Als ob ich mit der Sache etwas zu tun gehabt hätte. Ich wußte gar nicht, warum mein Name in diesem Zusammenhang publik wurde. Respekt brachte das schon ein. Wer die Absicht hatte, mit mir eine krumme Tour zu fahren, überlegte es sich bestimmt zweimal. Aber ich habe Magruder nicht abgeknallt, damals. Ehrlich. Während ich neben Little June auf der Mauer saß und so vor mich hindachte, sah ich plötzlich DeNevi drüben am Drahtzaun stehen. Ein Ball, den Robby Lee nicht unter Kontrolle brachte, sprang hoch und flog über den Zaun, fast direkt auf DeNevi zu. So wie er dort stand, konnte man nicht sehen, daß er nur einen Arm hatte, und er rührte sich nicht vom Fleck, als der Ball neben ihn hopste und schließlich auf die Straße hinausrollte. Zwei kleine Lümmel rasten ihm hinterher und trippelten ihn zum Platz zurück.

Little June hatte DeNevi nicht entdeckt, und ich sprang von der Mauer herunter und sagte, daß wir jetzt besser zu Bee Gee's gingen, Eis essen. Ich half ihr nicht von der Mauer, obwohl ich das gerne getan hätte. Die Kleinen hätten es gesehen, und man hätte darüber geredet. Ich und Little June.

Bee Gee's ist eine Eisdiele. Früher war es nur ein kleiner

Süßwarenladen gewesen, deswegen hieß er noch immer Bee Gee's Candy Store. Es war noch nicht viel los. Bei dieser Hitze treibt sich niemand draußen rum. Aber sobald die Sonne unterging, dann wimmelte es hier am «Strand». Dann war hier der Teufel los.

Wir aßen Zitroneneis an einem kleinen Tisch, hinten in der Diele. Lugosi, dem die Eisdiele gehörte, ein halber Italiener mit einem pockennarbigen Niggergesicht, kam herüber und sagte, daß die Rechnung aufs Haus gehen würde, sozusagen als Zeichen seiner Anteilnahme am Tode von Tante Gladys. «Und wenn du was brauchst, Little June, du weißt, du kannst dich immer an Onkel Tony wenden. Tony Lugosi ist ein wahrer Gentleman.»

Er küßte Little June auf die Stirn, grinste mich an und fragte mich, ob ich schon wüßte, daß ein Weißer nach mir gefragt hätte. «Was ist nur los mit dir, Silkpaw? Seit wann kennst du solche Typen?»

«Was hat er gefragt?» fragte ich.

«Er hat gefragt, ob du tagsüber ab und zu herkommst.»

«Und? Was hast du ihm gesagt?»

«Daß er mal im Park nach dir gucken soll, wo die Jungs Korbball spielen. Sag mal, wer ist das? Ein Cop vielleicht? Hart sieht er aus. Wie einer, der sich nicht kleinkriegen läßt.»

«Der läßt sich bestimmt nicht kleinkriegen», sagte ich. Mehr nicht. Und Tony Lugosi akzeptierte das. Im stillen dachte ich mir, daß jetzt bestimmt schon überall geredet wurde. Gerüchte fingen schnell zu wuchern an, und bald würden alle wissen, daß DeNevi hinter mir her war. DeNevi schien darauf keine Rücksicht nehmen zu wollen, und so brauchte ich wenigstens auf ihn auch keine Rücksicht zu nehmen. So einfach war das. Während ich mein Zitroneneis aß, entschied ich mich dafür, den Spieß umzudrehen und mich um DeNevi zu kümmern. Die Sache mußte schleunigst erledigt werden, damit wieder Ruhe einkehrte.

Während ich darüber nachdachte, merkte ich, wie angenehm es war, mit Little June zusammen zu sein. Ich mochte es, daß die Leute herüberschauten, und manche tuschelten sogar. Little June schien das alles gar nicht zu bemerken. Sie sagte mir, daß man Tante Gladys morgen kremieren würde und daß sich das Beerdigungsinstitut Goldsmith & Sons darum kümmern würde. Ich hörte nur mit halbem Ohr hin, aber das schien Little June nichts auszumachen. Sie wußte bestimmt, daß ich Sorgen hatte. Feinfühlig nennt man das oder so. Eigentlich war sie das perfekte Mädchen, und ich überlegte mir, wie es sein würde, wenn sie meine Frau wäre.

Gegen Abend gewann ich etwa dreizehn Bucks beim Pool-Billard in der Poolhalle, wo sich am Nachmittag die alten Knacker treffen und vom Krieg reden und vom Mississippi und so. Immer wenn ich die Alten sah, nahm ich mir vor, von nun an jeden Tag drei- bis fünfmal die Zähne zu putzen, weil die meisten entweder gar keine Zähne mehr im Mund haben oder nur noch schräge, braungelbe Stummel wie altes Elfenbein oder so. Sie tranken Bier vom Faß, billiges Zeug, von dem ich immer Durchfall kriegte, sie hockten herum und starrten ins Leere, und manchmal gab es Streit, und dann mußte «Jam» Jefferson eingreifen, der alte Schwergewichtler, der einmal sogar gegen Sonny Liston gekämpft hatte, lange bevor Liston Weltmeister wurde.

Die Alten freuten sich über Little June, aber Bruder Benjamin war auch da, er ließ mich lange nicht aus den Augen und belauerte mich wie ein alter Rabe. Schließlich kam er herüber, und er stieß mir mit seinen knochigen Klauenfingern gegen die Brust und sagte, daß ich dem Teufel verfallen wäre.

Ich mußte lachen, aber er schüttelte nur seinen Knochenschädel und wandte sich an Little June. «Wenn du nicht willst, daß dieser Junge hier verdirbt wie ein fauliges Stück Aas, dann bring ihn in die Kirche, bevor es zu spät ist.»

«Ich werde versuchen, ihn zu überreden», versprach ihm Little June ernsthaft.

Natürlich hatte ich nicht die Absicht, mich von Little June oder den alten Knackern in die Kirche ziehen und bekehren zu lassen. Ich wußte, wie so etwas vor sich ging. Eine echte Teufelsaustreibung konnte nicht schlimmer sein, und wenn meine Seele sowieso schon schwarz war wie ein alter Putzlappen, dann hatte es ohnehin nicht viel Zweck mehr, sie reinzuwaschen. Ich wollte schließlich den Herrgott oder wen auch immer nicht so offensichtlich bescheißen, nur weil ich fürs ewige Leben auf bessere Chancen aus war.

Den ganzen Abend überlegte ich mir, was ich mit Little June anfangen könnte, damit sie nicht in Daddy Richs Klauen geriet.

Daheim hatten wir keinen Platz für sie. Außerdem wollte ich sie nicht den Launen vom Mom aussetzen, obwohl es vielleicht gut für Kim gewesen wäre, wenn sich jemand ein bißchen um sie gekümmert hätte. Ich dachte sogar nach, während ich auf der Treppe von Bee Gee's gegen einen Zuhälter von der Lewis Street spielte, und ich merkte gar nicht, wie mein Ruf als Würfelspieler flötenging. Ich machte Fehler und verlor, aber das war mir jetzt egal. Ich behielt die ganze Zeit Little June im Auge, und als Daddy Rich mit Gugu auftauchte, wurde mir ziemlich eng unter der Haut. Gugu ist eine Ziege, völlig verblödet und immer total ausgeflippt. Sie war schon sechzehn, sah aber aus wie zwölf oder dreizehn, wenn sie nicht geschminkt war. Sie machte jeden an, ganz gleich ob er alt oder jung war, kicherte und hopste herum und schmuste mit den häßlichsten Knackern. Ich habe keine Ahnung, was mit ihr los ist, aber wahrscheinlich braucht sie tatsächlich einen, der sie unter dem Mantel mit sich herumgetragen hätte. Daddy Rich war nicht der Richtige, schon weil er im Sommer keinen Mantel trug.

Daddy Rich gab eine Runde aus. Das tat er jeden Abend. Und all die Knacker, die zu blöd waren, um sich selbst durchs Leben zu bringen, waren ihm ewig dankbar. Er kümmerte sich nicht um Gugu; die machte sich sofort an Little June heran. Ich war sicher, daß er ihr dazu seinen Segen gegeben hatte, weil er hoffte, Gugu könnte Little June dazu überreden, für ihn anzuschaffen. Ich überlegte kurz, ob ich mich einmischen sollte, kam aber zur Überzeugung, daß Little June genug Grips hatte, um mit dieser Sache allein fertig zu werden. Ich beobachtete sie nur ein bißchen, natürlich so, daß niemand etwas merkte, außer Spider Man, der plötzlich hinter mich trat, gerade als ich den Würfelbecher schüttelte und mir vornahm, mindestens zwei Sechser zu werfen, was gar nicht so schwierig ist, wenn man es sich fest vornimmt. Plötzlich fiel sein krummer Schatten über mich, und er sagte so etwas wie: «Schöne Kacke, Mann, die Kleine kommt dir noch abhanden.»

Ich würfelte einen Zweier und einen Dreier. So 'nen Quatsch würfle ich sonst überhaupt nie. Ich stieg aus und ging hinein in Bee Gee's Laden, der bumsvoll war. Daddy Rich hockte an der Theke und rauchte eine schwarze Zigarette. Irgendwie kam ich dicht an ihn ran, und als er mich sah, lachte er und legte seinen Arm um mich.

«Kleiner, was hältst du davon, wenn wir in die Heights fahren. Da kenne ich einen, der hat von dir gehört.»

Ich wußte, was er meinte. Er hatte einen, der mich in einem Würfelspiel annehmen wollte. Mit den Heights meinte er einen Stadtteil von Brooklyn, genau südlich vom Bedford-Stuyvesant, unserem Revier. Eigentlich hieß er Crown-Heights, die Kronen-Höhe oder so. Früher war das auch ein besserer Stadtteil gewesen, voll im Besitz der Juden, aber jetzt leben meistens auch nur noch gewöhnliche Leute dort und einige Zuhälter und so.

«Wir nehmen Gugu und Little June mit», sagte Daddy Rich, als ich noch am Nachdenken war. «Das ist mal 'ne Abwechslung für Little June. Bringt sie auf andere Gedanken.»

«Wer ist der Mann?» fragte ich.

«Einer, der Kröten hat. Seine Alte ist verreist. Macht Urlaub auf Hawaii.»

«Kenn ich ihn?»

«Laß dich überraschen, Kleiner.»

Wir fuhren also dorthin in seinem silbergrauen Cadillac. Daddy Rich verzichtete darauf, Malcolm oder Spider Man mitzunehmen. Gugu und Little June saßen hinten. Gugu kicherte und schmuste mit Little June herum. Niemand konnte ihr das krummnehmen. Sie war einfach so. Wie eine Katze. Der Cadillac hatte eine Stereoanlage mit acht Lautsprechern und hinten in der Rückenlehne eine Bar. Wir tranken Baccardi und rauchten einen Joint, und ich dachte, daß es nirgendwo besser sein konnte als hier in diesem luxuriösen Cadillac, zusammen mit Daddy Rich, Little June und Gugu. Wir fuhren eine ganze Weile einfach herum und redeten über die anderen; was für ein Döskopf Malcolm war und daß Spider Man irgendwann draufgehen würde, weil er immer mehr fixte. Dann redeten wir von den Bahamas. Wir wollten alle zusammen mal im Herbst auf die Bahamas: in einem teuren Hotel wohnen und uns bedienen lassen wie Millionäre. Auf der Fahrt dachte ich nicht ein einziges Mal an DeNevi oder an Corbin, und schließlich war ich absolut in Hochstimmung, als wir vor einem Haus anhielten. Es hatte einen kleinen Vorgarten, sogar mit Büschen drin, die allerdings ziemlich schäbig aussahen.

Die Rolläden waren heruntergelassen. Es sah ziemlich dunkel aus, obwohl über dem Eingang ein Licht brannte. Dunkel und geheimnisvoll. Ich sah mir schnell die Autos an, die auf der Straße parkten. Nichts Außergewöhnliches. Alles Mittelklassewagen und keiner neu.

«Da ist was drin für dich, Kleiner», sagte Daddy Rich. «Komm, lassen wir einen guten Kunden nicht warten.»

Wir stiegen aus. Gugu hakte sich bei mir ein und hüpfte kichernd neben mir her. Vor der Tür legte sie mir ihren kleinen Kopf gegen die Schulter und blickte unter den angeklebten Wimpern zu mir auf. «Kannst du mir einen Dollar leihen?» hauchte sie.

Ich gab ihr einen Dollar. Ich wußte nicht, wozu sie ausgerechnet jetzt einen Dollar brauchte und warum sie nicht Daddy Rich fragte.

Daddy Rich betätigte den Türklopfer. Es dauerte nicht lange, bis aufgemacht wurde. Das Licht fiel auf das alte, fleckige Gesicht von Mr. Rymers. Rymers war ein Lehrer. Mathe und Physik. Eigentlich war er längst pensioniert, aber da niemand so richtig Bock darauf hatte, in unserer Gesamtschule zu arbeiten, kehrte Rymers immer wieder zurück.

Ich hatte ihn mindestens anderthalb Jahre nicht mehr gesehen. Das letzte Mal, als ich zur Schule gegangen war, hatten sie ihn mit Herzrhythmusstörungen ins Krankenhaus verfrachtet, und wir dachten alle, jetzt ist er für immer weg. Aber siehe da: Rymers kam nach drei Monaten zurück, noch etwas grauer im Gesicht, mit noch etwas weniger Haaren auf seinem Schädel und mit dem gleichen glasharten Blick in seinen Habichtaugen.

Soviel ich wußte, hatte er eine Frau, die sechsundzwanzig Jahre jünger war als er und oft Urlaub machte, was sich in Rymers Wohnung dadurch bemerkbar machte, daß alle Möbelstücke und Polsterstühle mit alten Laken zugedeckt waren.

«Macht mir nicht zuviel Dreck, Jungs», sagte er und kicherte. «Meine Alte kommt in einer Woche zurück.»

Es war nicht Daddy Richs erster Besuch. Das merkte ich sofort. Der alte Rymers stellte eine Flasche Baccardi auf den Tisch und brachte Gläser. Gugu fing sofort damit an, an ihm rumzumachen, und Daddy Rich zeigte Little June die Schmetterlingssammlung im anderen Zimmer. Am Anfang kam ich mir ziemlich übriggelassen vor, besonders als Rymers Musik machte, Beethoven oder so, und das ganze Haus von dem Gedudel dröhnte. Es war alles ziemlich merkwürdig, weil ich den alten Rymers nur von der Schule her kannte, wo er sich als totaler Tyrann aufführte, kleine Kinder an den Ohren herumzog und eine Bestimmung erließ, daß Mädchen Röcke tragen mußten. Rymers war einer der Gründe gewesen, warum ich nicht mehr zur Schule ging und warum ich nie etwas gelernt hatte, als ich noch zur Schule gegangen war.

Er kannte mich offenbar nicht mehr, falls er mich überhaupt jemals gekannt hatte. Auf jeden Fall hatte er kein Interesse daran, mit Gugu lange herumzumachen. Er war wild auf ein Spiel, richtig gierig, und Daddy Rich sagte ihm, daß er mich im Leben nie schlagen könne, was natürlich idiotisch war, denn ich hatte heute nicht meinen besten Tag.

Wir spielten mit drei Würfeln. Das Höchste, was man werfen kann, sind drei Sechsen. Sechshundertsechsundsechzig. Verdeckt oder offen, je nachdem. Einer fängt an, sagt eine Zahl, und der nächste nimmt an, wirft höher oder er nimmt nicht an, und die gesagte Zahl unterm Becher stimmt oder ist geblufft. Alles ziemlich einfach, aber es braucht ein bißchen Erfahrung und so. Ich war ziemlich gut, aber Rymers war besser. Der hockte da und steckte seinen großen alten Daumen ins Nasenloch, tat so, als würde es ihn dort jucken, aber tatsächlich grübelte er, und dabei hatte er dieses hintergründige Grinsen in seinem Gesicht, das nie ganz wegging und auch nie stärker wurde. Er war ein durchtriebener alter Würfelspieler, und es machte ihm Spaß, mich bluten zu lassen. Ich verlor von Anfang an, und er wurde immer verwegener. Gegen Mitternacht hatte ich genug. Ich schuldete ihm an die siebzig Bucks, und als ich aufstand, sagte Rymers, daß ich jederzeit wiederkommen könne.

«Ich muß mal», sagte ich, und Daddy Rich zeigte auf eine Tür im Flur. An der Wand über der Kloschüssel hing ein Zettel: *Bitte, Art, pinkle nicht daneben,* stand dort. Sicher von Rymers' Alten. Ich mußte lachen und pinkelte glatt daneben. Ich lachte immer noch, als ich ins Wohnzimmer zurückkam. Rymers hatte einen Arm um Little June gelegt. Anstatt der siebzig Bucks wollte er ein Mädchen bei sich behalten. Das war sozusagen Tradition oder was. Er entschied sich für Little June.

«Du kriegst sie morgen früh zurück, frisch und fröhlich wie immer», sagte Daddy Rich. «Der Alte bringt sie nicht um.»

«Little June geht mit mir» sagte ich. Plötzlich geriet ich in Panik. Ich nahm Little June bei der Hand.

«Wir gehen jetzt!» sagte ich.

Gugu hängte sich an mich. «Was ist los, Silkpaw», säuselte sie in mein Ohr. «Es war doch ein schöner Abend, nicht

wahr. Warum willst du diesen schönen Abend kaputtma-
chen?»

«Du kannst bleiben, wenn du willst. Aber wir gehen; Little
June und ich.»

Daddy Rich lachte. «Okay, dann gehen wir alle zusammen»,
sagte er und bezahlte Rymers, was ich verloren hatte. «Der
Junge ist sonst besser, Rymers», sagte er beim Hinausgehen.
Wir fuhren gemeinsam anstatt zurück in unser Revier nach
Manhattan. Es war nach Mitternacht, und wir fuhren den
Broadway hinauf und dann in die 42. Straße. Es war noch
ziemlich viel Betrieb, und wir sahen uns die Leute an,
während wir langsam durch die Stadt fuhren, kreuz und
quer. Die Taxifahrer hupten uns an und brüllten Obszönitä-
ten herüber, weil wir so langsam fuhren und ihnen andauernd in die Quere kamen, aber Daddy Rich machte sich
nichts daraus, im Gegenteil, manchmal hielt er beinahe an,
wenn er ein Mädchen sah, das ihm gefiel. Schließlich fuhren
wir zurück.

«Ihr könnt beide bei mir schlafen», sagte Daddy Rich.

«Und ich?» fragte Gugu. «Kann ich bei dir schlafen, Schätz-
chen?»

«Du hältst jetzt für einen Moment lieber die Klappe!»

Sie kicherte, und Little June kicherte auch. So was muß
ansteckend sein.

«Ich geh nach Hause», sagte ich.

«Und Little June?» fragte Gugu.

«Ich geh auch nach Hause», sagte Little June lachend. «Das
Zeug ist noch alles in der Wohnung.»

«Ihr seid Idioten», sagte Daddy Rich. Er fuhr uns zu Bee
Gee's, und dort ließ er uns aussteigen. Gugu auch. Ihr
machte das nichts aus. Sie tanzte davon, und Little June und
ich gingen die Straße hoch, und ich sagte ihr, daß ich sie

nicht nach Hause nehmen könne, wegen Mom. Wir gingen in den Park, und schließlich brachte ich sie zur Wohnung von Tante Gladys.

5

Das Begräbnis von Tante Gladys war eine einfache Angelegenheit. Wir waren alle auf neun Uhr eingeladen. Das heißt, natürlich war niemand richtig eingeladen, aber alle wußten, daß um neun Uhr in der Kapelle eine Gedenkfeier des Goldsmith-Beerdigungs-Instituts stattfand. Insgesamt kamen etwa zwei Dutzend Leute. Das Aschenhäufchen, das von Tante Gladys übriggeblieben war, lag in einer kleinen, billigen Urne aus Trompetenblech. Little June hatte in ihrem Zeug eine Fotografie gefunden, wie Tante Gladys früher ausgesehen hatte, und die Fotografie stand schräg gegen die Urne gelehnt, ziemlich vergilbt schon, mit Tante Gladys drauf, hübsch, in einem schwarzen Kleid und mit einem großen Hut auf dem Kopf. Das war irgendwann im Krieg gewesen oder sogar vorher. Am Mississippi.

Die Leute waren fast alles alte Knacker aus unserem Bezirk, und ich staunte nicht schlecht, als ich DeNevi sah, in einem dunklen Anzug, mit Sonnenbrille und der Anzugsjacke über dem Arm, an dem die Hand fehlte. Little June fröstelte, als sie ihn sah, und sie klammerte sich an meinem Arm fest.

DeNevi war nicht der einzige Weiße. Rymers war ebenfalls da, was mich überraschte. Später erfuhr ich, daß er kaum ein Begräbnis ausließ, das in der Nähe stattfand. Er hatte sich in Schale geworfen, trug Grau und sah streng und erhaben aus. Kein Mensch außer mir und Little June wußte, daß er ein Doppelleben führte und vom Spielteufel besessen war.

Obendrein hatte er es auf junge Mädchen abgesehen, wenn seine Frau auf Hawaii Urlaub machte. Und nicht einmal Little June wußte, daß er täglich auf der Toilette ermahnt wurde, nicht daneben zu pinkeln. Ich hatte noch nie viel Respekt für ihn gehabt, aber jetzt kam er mir vor wie eine alte, kranke Schnecke, ohne Rückgrat und so.

Es war ein merkwürdiges Begräbnis, das ohnehin kein richtiges Begräbnis war, weil nämlich Little June das Häufchen Asche irgendwo in einem Wald ausstreuen wollte. Das war der letzte Wunsch von Tante Gladys, sagte sie, und der Wald sollte weit weg sein von der Stadt, irgendwo, wo es keine Häuser gab.

Ich wußte nicht, wie Little June das anstellen wollte, da es sich immerhin um einen Zweitagestrip handelte, wenn man einen anständigen Wald finden wollte. Hier, in der Stadt, wuchsen nur noch vereinzelt Locustbäume, die meisten wurden nie so alt, daß sie wirklich wie ausgewachsene Bäume ausgesehen hätten.

Der Priester war ein Laienprediger, blond, blauäugig, und sein Atem stank nach billigem Fusel. Das roch ich, als er sich zu Little June hinunterbeugte und ihr mit ein paar Worten Trost spendete. Sie weinte neben mir, zuerst ganz leise, und dann konnte sie sich nicht mehr beherrschen. Andere Leute weinten auch, glaube ich, und ich dachte, daß sich Tante Gladys gewundert hätte, weil sie die letzten Monate vor ihrem Tod von niemand mehr besucht worden war, außer von mir. Und das auch nur wegen Little June.

Der Prediger erzählte einen Haufen Kram über Leben und Tod und darüber, daß alles schon gerecht sei, weil der Tod einen fairen Ausgleich schaffen würde. Das war natürlich alles Quatsch, weil Tante Gladys schon ein gottserbärmliches Leben gelebt hatte und sich der liebe Gott ganz gehörig anstrengen mußte, wenn er etwas für sie tun wollte. Während er redete, beobachtete ich DeNevi verstohlen aus den Augenwinkeln heraus. Ich konnte es nicht glauben, aber er hielt den Kopf die ganze Zeit in Trauer gesenkt, so als hätte er Tante Gladys gut gekannt. DeNevi wurde mir langsam ziemlich unheimlich.

Nach der Rede gingen die meisten zum Altar vor, wo die Urne stand, guckten das alte Bild an und gingen dann hinaus. Little June drückte allen schweigend die Hand. Es war eine sehr stille Angelegenheit, ganz anders als sonst, wenn einer von unserer Gegend stirbt. Dann gibt es meistens einen furchtbaren Zirkus, und die Leute singen und betrinken sich, und manchmal gibt es sogar Streit.

Little June ließ sich die Urne in eine Papiertüte einpacken, und Mr. Goldsmith Jr., ein fischäugiger Winzling, der schon fast keine Haare mehr hatte, obwohl er noch jung war, ermahnte uns, die Urne zurückzubringen, wenn wir die 25 Dollar Pfand wiederhaben wollten. Fünfundzwanzig Bucks. Für dieses Ding hätte ich auf dem Flohmarkt nicht mehr als zwei Dollar gekriegt.

Die Urne war ziemlich leicht, und Little June hielt die Tüte an sich gedrückt, als wir hinausgingen. Draußen war es furchtbar heiß. Die Leute waren alle schon verschwunden. Nur DeNevi stand in der Sonne unten an der Treppe, rauchte eine Zigarette und blinzelte zu uns hoch. Irgendwie sah er von oben ziemlich klein aus und überhaupt nicht so, wie er mir während der letzten Tagen erschienen war.

«Jemand sagte mir, daß sich außer euch beiden niemand mehr um Tante Gladys gekümmert hat», sagte er.

Little June hakte sich bei mir ein.

«Lassen Sie uns in Ruhe, Mister», gab sie aufgeregt zur Antwort.

«Wir haben nichts getan. Warum stellen Sie uns nach?»

Sie gebrauchte solche Worte; eigenartige Worte. Nachstellen. So ein Wort hätte ich nie benutzt, weil es mir gar nicht eingefallen wäre. Ich hätte ihn gefragt, warum er hinter mir herläuft wie ein herrenloser Hinterhofköter.

«Mein Name ist DeNevi, Miß», sagte er. «Vor einigen Monaten war ich ein Cop.»

«Und jetzt? Wenn Sie ein Cop waren, was sind Sie jetzt?»

«Hm, das läßt sich nicht so einfach erklären, Miß. Daß ich nicht mehr Cop bin, das liegt daran, daß ein guter Cop zwei Hände haben muß. Ich habe nur noch eine Hand.»

Er lächelte schief.

Little June wußte nicht, was sie darauf sagen sollte. Sie drückte meinen Arm. «Was will er von dir?» flüsterte sie. «Sag doch etwas zu ihm, Rick.»

«Wenn gewisse Leute hier in der Gegend erfahren, daß Sie hier auf der Lauer liegen, bringen sie Sie um», sagte ich.

Sein Gesicht wurde ernst.

«Hast du deswegen Daddy Rich nicht gesagt, daß ich da bin? Weil du fürchtest, man würde mich umbringen?»

«Nein. Ich will nur nichts mit der Sache zu tun haben, und das ist alles. Ich hatte damals nichts damit zu tun, und ich will heute nichts damit zu tun haben. Ist denn das so schwer zu verstehen, verflucht nochmal!»

Little June zuckte unmerklich zusammen, als ich fluchte, aber das machte mir im Moment nichts aus. Sie sollte besser damit anfangen, sich daran zu gewöhnen, daß ich ab und zu ganz gehörig fluchte.

«Junge, Jack Magruder ist von einem von euch erschossen worden. Er war nicht nur mein Freund, er war auch ein Familienvater und ein ausgezeichneter Partner.»

«Tut mir leid für Sie», sagte ich halblaut. «Ehrlich.»

«Das glaube ich dir sogar, Junge. Aber es nützt mir nicht viel, verstehst du. Es nützt mir überhaupt nichts, wenn ich weiß, daß einer von euch Typen noch immer einen Funken Anstand im Leib haben könnte. Ich wach trotzdem jede Nacht auf und schreie mir die Seele aus dem Leib.»

Er sagte es einfach so. Ohne Theater. So, als erwartete er nichts von mir, überhaupt nichts.

«Was wollen Sie von Silkpaw, Mister?» fragte Little June.

«Er hat diesen Cop nicht umgebracht.»

«Ich will mit ihm reden.»

«Wozu? Er weiß doch von nichts.»

Ein Lächeln spielte jetzt um seine Mundwinkel. Er blickte auf seine italienischen Schuhe nieder, die braun waren und nicht gut zum dunkelblauen Anzug paßten.

«Miß, jemand war dort, als Jack Magruder von drei Kugeln getroffen auf der Straße zusammenbrach. Ich sage nicht, daß *er* geschossen hat. Ich sage nur, daß er weiß, wer geschossen hat.»

Ich schüttelte den Kopf. «Das ist ein Irrtum», sagte ich. «Man hat mich tausendmal verhört. Ich habe gesagt, was ich weiß, und das genügt. Wie oft muß ich noch wiederholen, daß ich überhaupt nicht in der Nähe war, als es passierte.»

«Warum sagst du Daddy Rich nicht, daß ich hier bin?»

«Weil es keinen Sinn hat.» Ich holte tief Luft. «Er wird es früh genug erfahren. Und dann kriegen Sie Ärger, Mister. Daddy Rich mag es nicht, wenn man ihm zu nahe kommt und auf die Haken tritt.»

Sein Lächeln verwandelte sich zu einem Grinsen.

«Ich habe eine Wohnung in der Halsey Street, Junge. Ich habe mich sozusagen mitten unter euch eingenistet. Ich bin kein Cop mehr, verstehst du. Niemand macht mir Vorschriften. Ich habe keinen Dienstplan mehr. Ich bin sozusagen vierundzwanzig Stunden am Tag hinter einem Killer her.»

«Und was erwarten Sie von mir? Daß ich Ihnen zur Hand gehe dabei? Sie müssen verrückt sein, DeNevi. Bedford Stuyvesant ist unser Revier. Fragen Sie Lieutenant Corbin. Er wird Ihnen sagen, daß es nicht gut ist, hier allein auf die Jagd zu gehen. Schon gar nicht ohne den Finger am Drükker einer Pistole.»

Das Grinsen war in seinem Gesicht festgefroren. Ganz sachte hob er den Arm mit der Anzugjacke, und ich sah sofort den Griff eines Revolvers, der aus dem Bund seiner Hose ragte.

«Ich habe mich gut vorbereitet, Junge», sagte er leise, und seine Stimme bekam einen harten, metallischen Klang. «Der Typ, der Jack Magruder umgebracht hat, muß auf der Hut sein.»

So wie DeNevi es sagte, war es keine Drohung. Es war eine schlichte Warnung, aber mir sträubten sich die Haare, weil ich plötzlich erkannte, daß er nicht die Absicht hatte, einen von uns vor Gericht zu bringen. Nein, DeNevi war da, um den Tod von Jack Magruder zu rächen! Der Richter und Henker in einer Person. Mir wurde ganz schlecht, denn das hatte nichts mehr mit Zeit abhocken oder so zu tun. Das hatte mit Tod und Leben zu tun. Und selbst Little June, die ja von solchen Dingen nicht gerade die allerbeste Ahnung hatte, merkte, was los war.

«Sie wollen doch nicht etwa sagen, daß Sie jemanden umbringen wollen, Mister», sagte sie ungläubig.

«Miß, wer immer Jack Magruder niedergeschossen hat, muß damit rechnen, dafür bestraft zu werden. Entweder vom Gesetz oder von mir. Sagen wir, wenn er Glück hat, erwischt ihn das Gesetz, bevor ich ihn erwische.» Es schien

DeNevi beinahe Spaß zu machen, uns ein bißchen Kummer zu bereiten. Er war ein absolut selbstbewußter Bastard, wahrscheinlich im Herzen ein Cop geblieben, obwohl er sein Abzeichen abgegeben hatte.

«Warum haben Sie nicht einen Bürojob angenommen, De-Nevi?» fragte ich. «Ich bin sicher, daß die Polizei für einen erfahrenen Cop, der nur noch eine Hand hat, Verwendung gefunden hätte.»

Ich sagte es ziemlich sarkastisch, aber er reagierte nicht darauf.

«Siebenundzwanzigfünfzig, das ist meine Hausnummer, Junge. Falls es etwas gibt, was du mir dringend sagen müßtest, meine Haustür ist jederzeit offen.»

«Das glaube ich nicht», entgegnete ich. «So blöd können Sie nicht sein.»

Er hob die Schultern. Offensichtlich war es ihm egal, was ich dachte. Und das ärgerte mich.

«Komm mal vorbei», sagte er. Dann drehte er sich um und schlenderte im grellen Sonnenlicht die Straße hinunter. Außer ihm war kein Mensch zu sehen. Obwohl es noch nicht einmal Mittag war, mußte es schon über 40 Grad heiß sein. Der Asphalt glänzte, als wäre er naß, und die Luft zwischen den Häusern flimmerte.

Wir blickten DeNevi nach. Und während er sich immer weiter entfernte, wurde mir allmählich wohler. Ich war überzeugt, daß er sich zuviel versprach. Niemand wußte, wer die tödlichen Schüsse auf den Streifenwagenpolizisten Jack Magruder abgefeuert hatte. Vielleicht war es tatsächlich Daddy Rich gewesen. Vielleicht ein anderer. Auf jeden Fall war keiner so dumm, freiwillig etwas zuzugeben.

Am Nachmittag fuhr ich mit der Untergrundbahn nach Manhattan, hockte auf die Freitreppe vor dem Postgebäude am Madison Square und schaute den Leuten zu. Ich konnte zwei Menschengruppen unterscheiden: New Yorker und Auswärtige. Die Auswärtigen staunten in der Gegend herum, wußten nie so recht, wo sie sich befanden und wohin sie als nächstes gehen sollten, während die New Yorker entweder im Schatten herumlümmelten oder irgendwohin strömten, und zwar alle ungefähr im gleich schnellen Tempo.

Ich blieb etwa zwei Stunden auf der Treppe sitzen. Dann ging ich zu Marcy's Warenhaus und klaute zuerst eine Tennistasche von Puma. Die füllte ich mit einem Stoß gelber T-Shirts von Lacoste, von denen jedes über 25 Bucks gekostet hätte, wenn ich sie bezahlt hätte. Das ging alles wie geschmiert, und am Abend verkaufte ich die Ware Snootchy Fingers, der einen diskreten Abnehmer im Stadtteil Flatbush hatte. Eigentlich hatte ich diese Art Geschäfte längst aufgeben wollen, nicht weil sie mir überdrüssig wurden, sondern allein wegen meines Rufs als Spieler. Ich war immerhin schon mit sechs Jahren auf Klau gegangen, und ich hatte es immerhin zu etwas gebracht. Nur ab und zu, wenn ich knapp bei Kasse war oder sonst ein bißchen durcheinander, versuchte ich mich an meiner alten Mache. Zur Sicherheit vielleicht. Oder weil ich irgend etwas allein tun wollte, ohne die anderen von unserem Bezirk. Auf eigene Faust.

Ich hatte also an die 180 Bucks in der Tasche, als ich an diesem Abend auf die Straße ging. Es war ein Wochentag. Niemand dachte mehr an Tante Gladys. Mein Hawaii-Hemd war frisch gewaschen und gebügelt. Mom hatte noch nichts von Jack gehört, und meine Schwester Kim hatte sich den Magen mit gerösteten und gesalzenen Erdnüßchen verdorben, die ich ihr gebracht hatte.

Little June hatte die Wohnung von Tante Gladys inzwischen geräumt. Man hatte sie am Spätnachmittag im Park gesehen, allein. Dann hatte man sie zusammen mit Gugu gesehen, in der Nähe vom Club House, einem alten Kasten, den das Sozialamt als Jugendzentrum eingerichtet hatte, mit ein paar Flipperkästen und einem Pool-Billard. Es gab auch Matratzen dort für die, die kein Zuhause hatten und nirgendwo schlafen konnten, und ich dachte schon, Little June hätte sich vielleicht in diesem alten Rattennest eingenistet, aber als ich nachforschte, erfuhr ich, daß sie nicht einmal hier gewesen war.

Ich konnte Gugu nirgendwo auftreiben. Daddy Rich war geschäftlich auf Long Island unterwegs, und der letzte, der Little June gesehen hatte, war Iron Claw, ein völlig harmloser Punk, der sich allerlei Eisenzeug umgehängt hatte und einen Nasenring trug. Außerdem hatte er sein Haar immer zweifarbig gefärbt, entweder gelb-grün oder rot-weiß, und auf dem Gesicht hatte er ein Brandmal, das er sich mit der glühenden Klinge eines chinesischen Dolches selbst zugefügt hatte, sehr zum Verdruß seiner Mutter. Er war der einzige schwarze Punk, den ich kannte, und eigentlich dachte ich, daß er ganz schön was abgekriegt haben mußte in seiner frühen Jugend, weil er einen solchen Zirkus machte. Ich meine, bei mir läuft ja auch nicht alles so wie in 'ner normalen Familie, aber immerhin habe ich mir ein bißchen Selbstachtung erhalten, sonst wäre ich vielleicht längst von einer Brücke gesprungen oder so.

Iron Claw wohnte in der Halsey Street, und dort wollte er Little June gesehen haben. Ich dachte sofort an DeNevi. Siebenundzwanzigfünfzig Halsey Street.

«Mann, bist du krank oder was?» fragte Iron Claw. «Du siehst aus, als ob du kotzen müßtest.»

Er wollte unbedingt mit mir kommen und nach Little June Ausschau halten. Im Grunde genommen war er schon in Ordnung, auch wenn er an einer Hand einen Handschuh trug, der aussah, als gehörte er zu einem Kettenhemd aus der Ritterzeit.

Wir beeilten uns. Er kam fast nicht mit, weil er ziemlich ausgelaugt war und nicht genug Luft kriegte. Vielleicht hatte er Asthma oder TB, auf jeden Fall blieb er plötzlich stehen, und ich mußte zurückgehen.

«Was ist mit dir?» fragte ich, weil er an einer Hausmauer lehnte und hechelte, als wäre er zehn Meilen gerannt.

«Mann, ich hab eben fast meine Lunge herausgekotzt», keuchte er. «Ich bin ziemlich außer Form, Mann. Sollte mal richtig Höhentraining machen oder was.» Er lachte hustend. «Hast du 'nen Joint?»

«Nein. Komm mit oder bleib hier und ruh dich aus», sagte ich. «Mir ist das egal.»

Er grinste. «Sag mal, stimmt es, daß du diesen Cop umgelegt hast, letzten Winter?»

«Nein! Wer sagt so was?»

«Ich hab's gehört, Mann. Jemand hat davon geredet.»

«Wer?»

«Niemand.»

«Hör zu, du kriegst 'nen Joint, wenn du mir sagst, wer geredet hat.»

«Spider Man.»

Ich gab ihm den Joint und ließ ihn stehen. Er versuchte nicht, mir nachzukommen.

2750 war ein Backsteingebäude, vier Stockwerke hoch, schmal und mit einer Feuertreppe zur Seite hinaus, weil dort eine Hauslücke war. Vor dem Haus stand ein alter Ford Fairlane, völlig ausgeschlachtet und ohne Räder. Außerdem war ein Mercury geparkt und ein 73er Plymouth. Auf der Treppte hockten zwei Mädchen und ein Junge. Sie wurden etwas nervös und ließen einen Joint verschwinden, als ich auftauchte, aber die Luft um sie herum war eine Wolke von billigem Reefer. Der Junge war vielleicht zehn oder so, die Mädchen etwas älter. Ich kannte sie nicht. Aber sie kannten mich. Ich merkte das, weil eines der Mädchen dem anderen Mädchen meinen Namen zuflüsterte. Und ich konnte sehen, daß sie Respekt hatten vor mir.

«Wohnt hier ein Weißer?» fragte ich und zeigte zur Haustür.

Sie nickten alle drei.

«Erst seit ein paar Tagen», sagte der Junge. «Bist du wirklich Silkpaw, der Spieler?»

«Der bin ich, Mann», sagte ich. «Wo wohnt der Weiße?»

«Oben. Unterm Dach. Was ist mit ihm?»

«Nichts.»

Ich ging ins Haus. Es roch nach Lebertran oder so. Der Hausflur war schmal, die Wände mit Farbe verschmiert. Von der Decke bröckelte der Gips, und Teile vom Treppengeländer fehlten. Wahrscheinlich hatte man die Streben als Feuerholz verwendet.

Auf dem ersten Treppenabsatz hockte eine dicke Mamma und rauchte Pfeife. Ihre fetten Brüste quollen aus dem Ausschnitt des Kleides, das ihr viel zu eng war. Sie hatte rot gefärbte Haare und eine Warze unter dem linken Auge, schwarz wie eine Rosine. Als sie mich heraufkommen sah, leuchteten ihre Augen auf.

«Hast du meinen Curtis gesehen?» fragte sie. «Weißt du, wo mein Curtis ist, Junge?»

«Wer ist dein Curtis?»

Sie gab mir keine Antwort mehr, und ich drängte mich an

ihr vorbei hoch. Später erfuhr ich, daß ihr Sohn Curtis bei den Docks am Wallabout Kanal aus dem East River gefischt worden war mit sechzehn Stichwunden im Körper.

Oben im Stockwerk unter dem Dach hatte der Hausflur keine Fenster mehr, und es war ziemlich dunkel dort. Es gab nur eine Tür. Sie war grün gestrichen. Neben der Tür standen ein Paar dreckige Wanderschuhe und eine Kaffeebüchse, die irgendwelches Zeug enthielt; alte Nägel und verrostete Eisenstücke, ein halbes, schiefgelaufenes Hufeisen und ein paar Flaschensplitter. Ich hatte keine Ahnung, wozu DeNevi solches Zeug vor der Tür hatte. Vielleicht gehörte er zu denen, die manchmal die Straßen entlanggingen und Müll aufhoben, damit die Gegend wieder sauber aussah.

Die Tür war zu. Ich drückte auf den Klingelknopf. Nichts tat sich. Ich klopfte. Niemand rührte sich. Irgendwo im Haus lief ein Radio. Eine Klosettspülung rasselte, und dann hörte ich ein quietschendes Geräusch, wie von einem Schwein.

Ich untersuchte das Schloß. Kein Problem. Die Tür ließ sich mit meinem Taschenmesser öffnen. Ich brauchte die Klinge nur in der Höhe des Schlosses zwischen Tür und Rahmen in die schmale Spalte zu stecken und den Riegel zurückzudrücken. Die Tür sprang sofort auf.

Ich tat das Messer weg, vergewisserte mich aber, daß meine Automatic richtig herum im Gürtel unter dem heraushängenden Hemd steckte. Ich wollte mich schließlich nicht umbringen lassen.

Unten quietschte das Schwein oder was es war. Das Radio wurde lauter gedreht. Ich glitt lautlos in die Wohnung und machte die Tür hinter mir zu. Für einen Moment ließ ich die Stille auf mich wirken, und irgendwie spürte ich, daß ich

nicht allein war. Aber es war nichts zu hören und nichts
Ungewöhnliches zu sehen, außer einem Gestell im schmalen
Flur, auf dem eine Reihe glänzender Trophäen standen;
silbern und golden, alle säuberlich geputzt und so angeord-
net, daß die größte in der Mitte stand. Es waren Baseball-
Trophäen und Schützen-Trophäen von Polizeiwettkämp-
fen. Und an der Wand hingen gerahmte Auszeichnungen.
1. Sieger und so. Robert DeNevi, für die meisten Treffer auf
Mann-Scheiben. Mein Herz klopfte mir bis in den Hals
hinein, und meine Kehle wurde trocken.

Der Flur hatte drei Türen. Alle standen offen. Eine führte
in die kleine Küche, die andere ins Schlafzimmer und die
dritte in einen Raum, der keine Fenster hatte. Überall standen Kisten und Kartons herum. DeNevi war noch nicht
richtig eingezogen. In der Küche stand Geschirr auf dem
Tisch, alles sauber. Ich fragte mich, wie er mit einer Hand
das Geschirr sauber kriegte. Einfach war das bestimmt
nicht.

Eigentlich wollte ich wieder weggehen. Little June war
nicht da. Vielleicht war sie da gewesen. Auf jeden Fall hatte
mich mein Instinkt betrogen. Niemand lauerte mir auf. Im
Raum ohne Licht lag ein Haufen Zeug herum. Alte Töpfe
und Knochen und drei gelbe Totenschädel, von denen einer
ziemlich zerschlagen war. Neben diesem Schädel lag eine
merkwürdige Waffe, eine Keule oder was, mit Haarbüscheln
dran und Federn. Vielleicht hatte irgendein Indianer oder so
mit diesem Schädelbrecher einen Mord verübt, und DeNevi
hatte das Zeug als Erinnerung behalten.

Gerade als ich mich umdrehen und den Raum verlassen
wollte, fiel mein Blick auf eine Zeichnung, die an der Wand
hing. Eine Federzeichnung mit schwarzer Tusche. Ein ziem-
liches Gekritzel war es, aber wenn man genau hinguckte,

konnte man den Raben sehen, der Sardinen aus einer Büchse fraß. Ich hatte die Zeichnung vor einer Ewigkeit gemacht, im letzten Winter, kurz nachdem die Sache mit Magruder passiert und ich ziemlich durcheinander war, weil Corbin plötzlich auftauchte und von mir wissen wollte, wer geschossen hatte.

Ich hatte nicht einmal gewußt, daß die Zeichnung noch existierte. Und ich konnte mir überhaupt nicht vorstellen, wie sie in die Hände von DeNevi geraten war. Aber was mich noch viel mehr aus der Fassung brachte, war ein Zettel, der mit Reißzwecken an der Wand festgemacht war. Auf dem Zettel hatte jemand mit einfachen Kugelschreiberstrichen einen Plan aufgezeichnet, und da ich mich in der Gegend auskannte, wußte ich sofort, daß es sich dabei um *den* Tatort handelte. Die Häuserlücke vis-à-vis vom Korbballplatz auf der Nordseite des Fulton Parks. Magruders Streifenwagen war eingezeichnet.

Ein paar Kreise in der Häuserlücke stellten Menschen dar, und dort, wo der Maschendrahtzaun an einer halbhohen Umfassungsmauer endete, dort war ein rotes Kreuz eingezeichnet und ein Fragezeichen. Mir wurde ganz schwindelig, während ich den Plan betrachtete. Hörte die Sache denn nie auf? Jetzt war mehr als ein halbes Jahr vergangen, und manchmal dachte ich schon nicht mehr an das, was damals passiert war. Und wenn ich daran dachte, dann war alles schon so verschwommen, als ob inzwischen hundert Jahre vergangen wären.

Ich riß mein Bild und den Zettel von der Wand, zerriß alles in kleine Fetzen und ließ sie achtlos auf den Fußboden fallen. In diesem Moment flog ein schwarzer Schatten hinter einer Kiste hervor. Mir blieb das Herz stehen, und ich dachte schon, jetzt bist du tot, aber dann atmete ich auf, denn bei dem Schatten handelte es sich um eine schwarze Katze, die nach den Papierfetzen sprang wie Kinder nach Schneeflokken. Mein Instinkt hatte mich also doch nicht betrogen. Ich spielte eine Weile mit der Katze, bevor ich die Wohnung verließ. Die dicke Mamma von unten hockte nicht mehr auf der Treppe. Es roch jetzt penetrant nach gesottenem Fleisch, und ich war sicher, daß man in einer der Wohnungen ein Schwein geschlachtet hatte.

Ich fragte überall nach Little June, aber niemand hatte sie gesehen. Schließlich ging ich nach Hause und stellte Mom wegen der Rabenzeichnung zur Rede. Sie gab zu, daß die Tante vom Sozialamt dagewesen war, Mrs. Esther Frye, und daß sie ein paar von meinen Sachen mitgenommen hatte.

Ich gab Kim ein Milky Way und ging wieder weg. In Tante Gladys' Wohnung brannte Licht, aber der Mann, der mir aufmachte, wußte nichts von Little June.

Es war eine furchtbare Nacht. Ein Mann namens Forster fuhr gegen Mitternacht in die Greene Avenue und erschoß zwei Frauen und drei Kinder aus Eifersucht oder was. Auf jeden Fall war plötzlich die Hölle los, und die Polizeisirenen heulten ohne Unterlaß. Man machte Jagd auf den Mann, und schließlich erwischte man ihn, kurz vor Tagesanbruch. Er hatte sich im Keller eines unbewohnten Hauses verbarrikadiert, und das SWAT-Team, eine Spezialeinheit der Polizei, rückte an, mit einem kleinen Schützenpanzer und so. Der Mann hatte eine Geisel, ein junges Mädchen, hieß es, vielleicht dreizehn, und niemand wußte, wer es war. Ich drehte beinahe durch, weil ich dachte, Forster hätte Little June in seiner Gewalt.

Corbin war auch dort. Er kannte Forster. Forster hatte ein Vorstrafenregister. Nichts Überwältigendes, aber einen Haufen Kleinkram vom Ladendiebstahl bis Nachtruhestörung. Durch ein Megaphon versuchte Corbin ihn dazu zu bewegen, herauszukommen und sich zu ergeben.

Forster brüllte, daß er das Mädchen umbringen würde, wenn man versuchte, an ihn ranzukommen. Da die Cops die ganze Gegend abgesperrt hatten, kam ich lange nicht an Corbin heran, aber schließlich gelang es mir, einen Sergeanten davon zu überzeugen, daß ich wußte, wer das Mädchen war und deshalb unbedingt den Lieutenant sprechen mußte. Der Sergeant brachte mich zu ihm. Corbin kniete hinter seinem Ford. Man hatte ihn aus dem Bett geholt. Sein Haar war ungekämmt, und er trug keine Krawatte. Es war das erste Mal, daß ich ihn ohne Krawatte sah. Er staunte nicht schlecht, als ich neben ihm niederkauerte.

«Little June ist verschwunden», sagte ich.

Er erkannte sofort, daß ich verzweifelt war. Er packte mich am Arm. «He, beruhige dich», sagte er schnell. «Was soll das heißen, Little June ist verschwunden?»

«Das soll heißen, daß sie nirgendwo aufzufinden ist. Seit heute abend schon. Wenn der Kerl dort drin Little June bei sich hat, sollte man seine Forderungen erfüllen.»

«Er stellt keine Forderungen. Das ist es ja eben. Er hat sich dort unten im Keller eingesperrt und schreit nur, daß er das Mädchen umbringen wird. Er stellt keine Forderungen.»

«Fragen Sie ihn, wer das Mädchen ist!» drängte ich.

«Das habe ich schon getan. Ohne Erfolg. Aber die Chance, daß er Little June bei sich hat, ist eins zu tausend, Silkpaw. Er war in der Greene Street. Dort hat er ein Blutbad angerichtet. Auf dem Weg hierher ist ihm das Mädchen in die Quere gekommen. Little June hat hier oben nichts verloren, oder?»

«Was weiß ich. Sie ist allein, seit Tante Gladys gestorben ist.»

Corbin murmelte etwas, was ich nicht verstehen konnte. Dann nahm er das Megaphon an den Mund.

«Mr. Forster!» rief er. Die Stimme dröhnte von den Hausfassaden zurück. «Mr. Forster, ich habe hier einen Jungen, der um seine Freundin besorgt ist. Er möchte gern wissen, wer das Mädchen ist, das sich bei Ihnen aufhält.»

Nichts. Aus dem Haus kam kein Laut. Auf der Straße hielten alle den Atem an. Kaum ein Geräusch war zu hören. Die Polizeilichter kreisten. Scheinwerfer beleuchteten das Haus. Ein Schatten bewegte sich dicht an der Wand des nächsten Hauses entlang; ein Mann der Spezialeinheit, bewaffnet mit einer Maschinenpistole und mit Tränengasgranaten. Der Mann näherte sich der Treppe, die zur Tür hinaufführte. Die Tür war offen. Im Haus brannte kein Licht.

«Der Mann soll wegbleiben von der Tür!» rief ich in die Stille hinein. Ich hatte Angst um Little June. Todesangst. Sie schnürte mir die Kehle zu. Der Mann im Scheinwerferlicht stockte, und Lieutenant Corbin gab ihm einen Wink. Der Mann kauerte dicht an der Mauer unter einem der Fenster nieder, dessen Scheiben zersplittert waren.

«Mr. Forster», rief Corbin durchs Megaphon. «Mr. Forster, Sie können diesem Alptraum ein Ende bereiten, wenn Sie mit erhobenen Händen und ohne Waffe herauskommen!» Corbins Stimme hallte durch die Nacht. Im Haus brüllte ein Mann irgend etwas, was hier draußen niemand verstehen konnte. Corbin besprach sich mit einem Lieutenant des SWAT-Teams, der Radioverbindung zum Schützenpanzer und zu den Scharfschützen hatte, die überall postiert waren. Corbin reichte mir plötzlich das Megaphon.

«Red mit ihm», forderte er mich auf.

Ich starrte ihn fassungslos an. «Was soll ich ihm sagen?»

«Irgendwas. Sag ihm, daß du um dein Mädchen Angst hast. Red mit ihm, verdammt!»

Ich nahm das Megaphon hoch und betätigte den roten Kippschalter. Ein kratzendes Rauschen erfüllte die Nacht. Dann hörte ich meine Stimme überlaut und mit Verzögerung an mein Ohr dringen.

«Mr. Forster! Hier spricht Silkpaw. Vielleicht kennen Sie mich, Silkpaw, der Spieler! Und ich weiß, wie es ist, wenn man in die Enge getrieben wird.»

Ich brach ab und blickte mich nach Corbin um. Er hatte die Schuhe ausgezogen und kauerte barfuß hinter dem Streifenwagen. In der rechten Hand hielt er seinen Dienstrevolver.

«Mach weiter!» schnappte er.

«Mr. Forster, wenn ich Ihnen helfen könnte, würde ich...»

«Plötzlich gingen alle Scheinwerfer gleichzeitig aus. Für einen Moment, bis sich die Augen an das schwache Licht einer Straßenlaterne gewöhnt hatten, war es stockdunkel. Ich spürte nur, wie Corbin mich berührte, als er aufsprang. Und dann sah ich ihn über die Straße auf das Haus zu laufen, ein schneller Schatten, der im nächsten Augenblick in der schwarzen Türöffnung verschwunden war.

«Mr. Forster, bitte geben Sie auf!» rief ich durch das Megaphon. «Es hat keinen Sinn, wenn Sie weitermachen. Das Haus ist umstellt. Überall sind Cops. Wenn Sie aufgeben, kommen Sie ganz bestimmt mit dem Leben davon, und...»

Im Haus krachte es. Schüsse. Zwei oder drei. Dann ein Schrei. Ich ließ das Megaphon fallen und wollte aufspringen, aber der Sergeant packte mich und hielt mich fest.

«Mach jetzt nur keinen Blödsinn, Junge», sagte er rauh. Ich wehrte mich nicht gegen seinen Griff. Wie gebannt starrte ich zur dunklen Hausfassade hinüber. Sekunden vergingen. Nichts geschah. Kein Laut drang aus dem Haus. Es schien, als hätten wir eine Ewigkeit gewartet, als plötzlich in der Türöffnung eine Gestalt zu erkennen war. Jemand gab einen Befehl, und sofort gingen alle Scheinwerfer an. Das grelle Licht erfaßte Lieutenant Corbin. Er hatte ein Mädchen an der Hand. Für einen Moment blieb mir das Herz stehen, aber dann sah ich, daß das Mädchen nicht Little June war.

6

Am Morgen stand es in der Zeitung. Auf der ersten Seite.
Hugh Forster hatte seine geschiedene Frau und deren Freundin und Kinder umgebracht. Einfach so. Er war in das Haus
gegangen, wo die Frauen und die Kinder vor dem Fernseher
saßen, und er hatte zwei Revolver bei sich, und er schoß mit
beiden Revolvern. In der Zeitung stand, daß die Opfer noch
alle vor dem Fernseher saßen, als sie schon tot waren, und
eine der Frauen noch einen Yoghurtbecher in der Hand hielt
und einen kleinen Löffel, mit dem sie ihr Kind gefüttert
hatte. Es war schlimm. Ich fühlte mich hundemies an diesem
Morgen. Daß es so was überhaupt gibt, war mir unverständ-
lich. Ohne Grund jemand umbringen! Oder gab es überhaupt einen Grund, jemand umzubringen? Ich lag lange auf
dem Faltbett und starrte zur Decke auf, die voller gelber
Ringe war vom Wasser, das manchmal durchsickerte. Mir
war so übel wie schon lange nicht mehr, als ich schließlich
aufstand. Ich spielte ein bißchen mit Kim, bis Mom zurückkehrte. Sie hatte den Scheck vom Sozialamt zur Bank gebracht und von dem Geld zwei Tüten Lebensmittel einge-
kauft.

«Siehst du, was aus Leuten wird, die sich ein Leben lang
herumtreiben», sagte sie, als sie die Zeitung sah, die neben
dem Faltbett auf dem Boden lag. «Dieser Schuft gehört auf
den elektrischen Stuhl für das, was er getan hat. Vier Leben
hat er ausgelöscht. Unschuldige Kinder. Die Welt ist krank,

sage ich. Die Welt ist so krank, daß der Allmächtige sie in die Luft sprengen müßte.»

Ich zog ein neues Hemd an und ging aus dem Haus. Zuerst kaufte ich mir ein Paar neue Puma-Runners mit Spezialsohle und so. Die kosteten über 60 Dollar, und danach fühlte ich mich etwas besser. Später ging ich hinunter zum Park und spielte mit Snootchy Fingers und Robby Lee Korbball. Ich kam ziemlich ins Schwitzen. Gegen Mittag ging ich in eine öffentliche Telefonzelle und rief die Nummer an, die mir Esther Frye gegeben hatte. Als sie abhob und sich meldete, hängte ich ein. Ich ging zu Bee Gee's und aß Zitroneneis. Und Little June war nirgendwo zu sehen. Am Nachmittag tauchte Gugu auf, ziemlich blaß und mit einer Schramme an der Stirn. Irgendeiner hatte ihr die Faust an den Kopf geschlagen. Sie wußte nicht einmal, wer, weil sie völlig ausgeflippt gewesen war, als es passierte. Von Little June wußte sie nichts. So ging ich zum Revier hinunter und fragte nach Lieutenant Corbin. Er ließ mich in sein Büro kommen, und ich verlangte von ihm, daß eine Suche nach Little June eingeleitet würde.

«Wer vermißt sie denn, außer dir?» fragte er.

«Was weiß ich», gab ich ungeduldig zurück. «Sie hatte niemand, außer Tante Gladys.»

«Solange sie nicht vermißt wird, kann ich nichts tun», entgegnete er kühl.

«Sie wird vermißt, verdammt nochmal! Von mir!»

Er hob die Brauen. «Du zählst nicht. Du bist nicht verwandt mit ihr, oder? Sie ist nicht einmal richtig deine Freundin, oder? Ich meine, ihr seid doch bestimmt noch nie miteinander im Bett gewesen.»

«Wollen Sie's genau wissen?» schnappte ich zurück. «Sie ist schwanger.»

Er stand auf. Er sah ziemlich mies aus. Übernächtigt. Gar nicht wie der Held, von dem die Zeitungen berichteten. Aber wenigstens trug er wieder eine Krawatte.

«Junge, du bringst dich ins Unglück», sagte er schroff.

«Und du bringst Little June ins Unglück. Warum zum Teufel wirst du nicht vernünftig? Ich versuche schon die ganze Zeit, dir klarzumachen, daß du uns vertrauen kannst, weil wir dir helfen wollen. Trotzdem schießt du andauernd quer. Du hast Chancen gekriegt, Junge. Noch und noch. Du brauchst nur einmal zuzugreifen, verdammt nochmal! Sag mir, wer Magruder niedergeschossen hat, und ich sorge dafür, daß du von hier wegkommst.»

«In die römisch-katholische Schule im Norden?»

«Oder wohin du willst. Weg von hier. Aus der Stadt raus.»

«Wohin?»

Das wußte er auch nicht. Zurück nach Mississippi vielleicht, wo die Schwarzen noch wie Schweine leben? Oder nach Alabama, wo es noch den Ku-Klux-Klan gibt? Ich war hier zu Hause, seit ich denken konnte. Und ich wollte nicht weg, weil ich nie weg war. So einfach war das. Nur begreifen konnte das ein Cop wie Lieutenant Corbin nicht.

Ich ging in die Halsey Street. DeNevi war nicht da. Ich kriegte langsam eine Bombenwut auf ihn. Ich überlegte mir, was ich ihm hätte antun können. Am Nachmittag rief ich noch einmal die Nummer von Esther Frye an.

«Hallo?» sagte sie.

Ich sagte nichts.

«Hallo, wer ist denn dort?» fragte sie.

«Rick.»

«Oh, du lieber Gott!»

Eine Weile war es still. Dann fragte sie, ob ich noch dran wäre, und ich sagte ja, ich wäre noch dran. Und sie sagte, daß sie schon bei mir zu Hause gewesen sei, und daß Mom ihr gesagt hätte, daß sie sehr beunruhigt wäre wegen mir. Ich hätte ihr beinahe gesagt, daß Mom vielleicht ein bißchen undicht im Kopf sei, von wegen der Sauferei und Jack, aber ich schwieg lieber.

Dann sagte sie, daß sich alle Leute um mich Sorgen machen würden.

«Das tut mir leid», sagte ich.

«Oh, du lieber Gott», sagte sie. «Ich dachte schon, du bist durchgebrannt. Wegen Little June, aber...»

«Deswegen rufe ich an», unterbrach ich sie. «Little June ist verschwunden. Ich habe sie als vermißt gemeldet, aber Lieutenant Corbin sagt, daß er nichts für mich tun könne, weil Little June und ich nicht verwandt sind. Können Sie ihn anrufen? Ich wäre Ihnen sehr dankbar, wenn Sie das tun könnten.»

«Rick, es wäre besser, wenn du hierher kommen würdest. Es gibt Dinge, die ich mit dir...»

Ich ließ sie nicht ausreden. «Versuchen Sie es bitte», drängte ich.

«Oh, ja, natürlich, Rick», erwiderte sie.

Wir schwiegen wieder eine Weile. Ziemlich lange. Vielleicht zwei Minuten. Irgendwer flüsterte ihr etwas ins Ohr oder was. Auf jeden Fall war sie nicht allein da, und ich stellte mir vor, daß irgendein Typ bei ihr war, ein Verlobter oder so.

«Rick.»

«Ja.»

«Sag, weißt du wirklich nicht, wer diesen Polizisten umgebracht hat?»

«Warum sollte ich wissen, wer den Polizisten umgebracht hat? Ich war nicht einmal dort.»

«Bist du sicher?»

«Ja. Absolut. Ich muß doch wissen, ob ich dort war oder nicht.» Ich lachte.

Sie lachte auch. «Natürlich», sagte sie. «Nur, da ist jemand, der dich gesehen haben will.»

Mir wurde schlecht.

«Das ist nicht gut möglich, nicht?» sagte ich.

«Ich weiß nicht. Wenn du nicht dort warst, kann dich niemand dort gesehen haben, oder?»

«Ich war nicht dort.»

«Wenn du es sagst, wird es wohl stimmen. Du lügst mich doch nicht an, nicht wahr?»

«Warum sollte ich Sie anlügen. Ausgerechnet Sie.»

«Ich hoffe, du lügst mich nie an, Rick. Es wäre eine Enttäuschung für mich, wenn du mich anlügst.»

«Ehrlich, ich lüge nicht, Mrs. Frye. Mom wird das bestätigen. Sie weiß, daß ich nicht lüge.»

«Ich vertraue dir, Rick.»

«Danke, Ma'am.» Ich schluckte. «Ist es dieser einarmige Expolizist, der behauptet, er hätte mich gesehen?»

«Können wir uns nicht sehen, Rick? Ich möchte dir am Telefon nichts sagen.»

«Ich weiß, daß Sie sich mit DeNevi getroffen haben.»

«Wieso weißt du das?»

«Weil Sie ihm die Zeichnung gaben, die Sie von Mom gekriegt haben. Oder hat er sie Ihnen geklaut?»

Sie lachte. «Das würde er nie tun», sagte sie. «Er ist ein ehrlicher Mensch. Können wir uns nicht sehen, Rick? In einer Stunde könnte ich auch bei dir zu Hause sein. Ich möchte mit dir über einige Dinge reden.»

«Lieber nicht, Ma'am. Ich will nicht über die Sache mit Magruder reden. Ich habe damit nichts zu tun.»

«Nicht nur über die Sache mit Magruder, Rick. Wir reden

überhaupt nicht über die Sache mit Magruder, wenn du willst. Ich möchte mit dir über deine Zukunft reden. DeNevi kennt einen Künstler, der sich um talentierte junge Leute wie dich bemüht.»

«Ich habe von ihm gehört», sagte ich trotzig. «Ich will nicht über meine Zukunft reden. Meine Zukunft ist schon in Ordnung.»

«Rick, leg jetzt bitte nicht auf! Ich kann nicht...»

Ich hängte ein.

Am Spätnachmittag traf ich Daddy Rich. Er wußte inzwischen auch schon, daß Little June verschwunden war, aber er machte sich überhaupt keine Gedanken.

«Ich bin sicher, daß sie wiederkommt, Kleiner», sagte er. «Die ist vielleicht mit einem Kerl abgehauen für ein paar Tage, aber die bleibt nicht lange weg, garantiert.»

«Warum sollte sie mit einem Kerl abgehauen sein?»

«Einfach so. Aus Spaß. Die wird jetzt langsam erwachsen, verstehst du.»

Manchmal hätte ich ihm voll in die Eier treten können. Er war ein Hurensohn, der nie auch nur einen Gedanken an die Sorgen verschwendete, die andere haben konnten. Richtige Anteilnahme kannte er überhaupt nicht. Er war kalt wie eine Hundeschnauze, aber trotzdem half er jedem aus der Klemme, wenn es ihn gefühlsmäßig nichts kostete.

«Kleiner, du siehst abgeschlafft aus», sagte er, während wir an der Theke in der Billardhalle standen. «Warum läßt du dich nicht ein bißchen von Gugu aufmöbeln. Die versteht was davon, glaub mir. Die bringt dich im Nu wieder hoch.»

Gugu kam später auch dazu, und er machte ihr den Vorschlag, mich ein bißchen aufzumöbeln. Ein solches Schwein war er. Gugu kicherte und fummelte an mir herum, und das wurde mir furchtbar unangenehm. Ich ging in den Park, hockte auf der Mauer und rauchte für mich allein einen Joint. Mir wurde ganz schlecht davon, und ich legte mich auf den Boden. Wahrscheinlich wurde ich ohnmächtig oder was, auf jeden Fall weckte mich Spider Man. Er stand grinsend über mir, kahl und mager, die Augen in tiefen Höhlen. Früher hatte er Bodybuilding gemacht. Jetzt war er nur noch ein Schatten seiner selbst, völlig weggetreten und schon mit einem Fuß in der Hölle.

«He, Silkpaw, was ist mit dir, Mann?» fragte er. Seine Lippen zitterten.

«Ich war müde», sagte ich. «Muß eingeschlafen sein.» Ich warf einen Blick auf meine Tissot. Es war elf. Spider Man gab mir die Hand und half mir auf die Beine. Seine Hand war eiskalt und naß. Ich wischte meine an der Hose ab. Er zog den Kopf zwischen die Schultern und starrte durch den Maschendraht hinüber zur dunklen Häuserlücke, wo die Sache mit Magruder passiert war. Plötzlich lachte er.

«Die kriegen es nie heraus», sagte er. «Die können machen, was sie wollen, die kriegen es nie heraus. Weißt du, wieviel Belohnung einer kriegt, der Corbin was ins Ohr pfeift?»

«Dreitausend Dollar», sagte ich.

«Viertausend», sagte er. «Könnte ich schon gebrauchen. Viertausend Dollar, Silkpaw. Verdammt, ich könnte mich zu den Sternen hochschießen, Mann. Mit dem besten Schnee.»

«Du machst dich kaputt, Mann», sagte ich.

Er fing plötzlich an zu weinen und kauerte an der Mauer nieder. Es war ein richtiger Weinkrampf, und er pinkelte dabei in die Hose. Es roch furchtbar nach Pisse, und ich versuchte ihn ein bißchen zu trösten, aber das half nichts.

Er war ziemlich am Ende.

Er wollte unbedingt zwanzig Dollar haben. Was sollte ich machen? Ich gab ihm einen Zwanzig-Dollar-Schein. Ich wußte, daß er dafür irgendwo einen Schuß kriegen konnte. Eine Anzahlung war das. Oder eine Teilzahlung. Er sagte, daß er drei Tage nichts mehr gegessen hätte. «Ich geh ins Hilton-Restaurant und freß ein Steak», sagte er weinend. Dann hatte er es eilig, und ich ließ ihn gehen. Sein Leben war zum Kotzen, aber es war sein Leben.

Ich ging hinüber zur Häuserlücke und lehnte mich dort gegen die Hausmauer. Niemand sah mich. Wenn mich Corbin gesehen hätte, wäre er womöglich auf falsche Gedanken gekommen. Der Schuldige geht zurück zum Tatort und so. Völliger Blödsinn. Hätte Magruder gewartet, bis DeNevi dagewesen wäre, so wäre ihm wahrscheinlich nichts passiert. Aber er hatte die Geduld nicht. Er war wild darauf, ein paar Leute hochzunehmen.

Ich hatte ihn nicht gekannt. Das heißt, ich erinnerte mich später, als ich sein Foto in der Zeitung sah, daß ich ihn einige Male auf der Streife gesehen hatte. Aber gekannt hatte ich ihn nicht. Er war Familienvater, schrieben die Zeitungen. Hatte zwei Kinder und eine nette Frau. Sein Hobby war Angeln. Den Sommerurlaub verbrachte er mit seiner Familie beim Angeln in Minnesota. Das ist ein Staat ziemlich weit im Westen. Ich konnte mir nicht vorstellen, daß einer nur wegen dem Angeln eine halbe Weltreise machte. Ob seine Frau auch gerne angelte? Wahrscheinlich nicht mehr, weil er jetzt ja tot war und sie allein. Warum, zum Teufel, kümmerte sich DeNevi nicht um sie. Der hätte vielleicht einen guten Familienvater abgegeben. Dazu braucht man keine zwei Hände.

Ich blickte zum Korbballplatz hinüber. Zur Mauer. Dort,

bei der Mauer, hatte man eine Patronenhülse gefunden. 38er Spezial. Magruder war von drei Kugeln getroffen worden, aber man hatte nur eine Hülse gefunden. Und Corbin nahm an, daß dort drüben einer Schmiere gestanden hatte. Hatte DeNevi jemand gesehen? Die Silhouette einer Gestalt? Schußblitze, die ihn blendeten?

Eine Weile stand ich dort und überlegte hin und her. Dann entschloß ich mich, in die Halsey Street zu gehen. Es war nichts los dort. Vor dem Haus, in dem DeNevi wohnte, stand ein Dodge-Pick-Up-Kleinlastwagen, der ziemlich verdreckt war. Allradantrieb und Funkantenne. Am Heckfenster der Kabine klebte ein Aufkleber der Firma Smith & Wesson. Das konnte nur DeNevis Karre sein.

Oben in der Wohnung unterm Dach brannte Licht. Er mußte also zu Hause sein. Im Treppenhaus brannte eine nackte Glühbirne. Irgendwo lief ein Fernseher und irgendwo anders ein Radio oder eine Stereoanlage. Ein Mann lachte. Ich ging schnell die Treppe hinauf. Vor DeNevis Wohnung blieb ich stehen und lauschte. Es war still in der Wohnung. Ich drückte den Klingelknopf, aber mehr als ein krächzendes Geräusch gab die Klingel nicht von sich.

DeNevi kam nicht zur Tür. Ich bemerkte jedoch, wie der Lichtstreifen unter der Tür plötzlich weg war. Jemand hatte in der Wohnung das Licht ausgemacht. Ich klingelte noch einmal.

Jetzt kam DeNevis Stimme durch die Tür.

«Es ist nicht abgeschlossen», sagte er.

Ich griff nach dem Knauf, hielt aber mitten in der Bewegung inne. Was war, wenn er mich für einen Einbrecher hielt und einfach niederschoß? Ich traute ihm nicht. Er war auf Rache aus.

«DeNevi!» rief ich halblaut. «Ich bin's, Silkpaw.»

«Bist du allein?»

«Ja. Kann ich reinkommen?»

«Komm rein.»

Ich machte die Tür langsam auf und trat in den schmalen Flur. Es war tatsächlich stockdunkel in der Wohnung. Ich konnte DeNevi nicht sehen, aber ich ahnte, wo er war. Er mußte in der Küchentür kauern, seinen Revolver wahrscheinlich schußbereit. Hinter mir war das Licht vom Flur. So konnte er mich deutlich erkennen.

«Mach das Licht an!» befahl er. «Du kennst dich hier ja aus!»

Ich tastete nach dem Schalter. Das Licht ging an, und DeNevi kauerte tatsächlich in der Türöffnung, machte sich so klein er nur konnte und zielte mit seinem Smith & Wesson auf mich.

«Mach die Tür hinter dir zu», verlangte er. «Und schieb den Riegel vor.»

«Ich will nicht bleiben», entgegnete ich etwas heiser. «Little June ist verschwunden. Ich dachte, Sie wissen vielleicht, wo sie ist.»

«Du sollst die Tür zumachen», wiederholte er etwas schärfer.

Ich machte die Tür zu und schob den Riegel vor. Jetzt stand er, und der alte Smith & Wesson war verschwunden. Ich vermutete, daß er ihn auf dem Rücken in den Hosenbund geschoben hatte, da er kein Schulterhalfter trug und die Hosentaschen offensichtlich leer waren.

«Komm rein», sagte er, drehte sich um und ging in die Küche. Ich blieb stehen, hörte ihn mit Geschirr hantieren und kam schließlich seiner Aufforderung nach.

Er stand am Herd und hatte mir den Rücken zugedreht. Der alte Dienstrevolver steckte tatsächlich hinten im Hosenbund, den Griff nach rechts gedreht. Ich war sicher, daß DeNevi die Waffe jederzeit schnellstens ergreifen konnte und im nächsten Moment schußbereit war. Das war nur eine Sache der Übung. Alltägliche Arbeiten schienen ihm mehr Mühe zu bereiten. Er hob den Deckel von einem großen Kochtopf und legte ihn weg. Dann ergriff er eine hölzerne Schöpfkelle und rührte vorsichtig im Topf herum, ehe er etwas aus dem Topf herausnahm. Er führte die Schöpfkelle unter die Nase, sog genüßlich den Dampf ein und wandte sich mir zu.

«Minestra», sagte er. «Ich habe den ganzen Topf voll, und das reicht für eine Woche. Minestra wird von Tag zu Tag besser, wenn man alles richtig macht. Meine Mutter war eine Künstlerin. Die Leute kamen von weither, um ihre Küche zu genießen.»

Er wußte, wo Little June war. Der Teufel sollte ihn und seinen Kochtopf holen, mitsamt seiner Minestra, oder was immer es auch war, das er so hingebungsvoll mit gespitzten Lippen von der Kelle schlürfte.

«Dort drüben im Schrank ist das Geschirr, Junge. Es sind noch zwei goldgerahmte Porzellanteller vorhanden, die hat mein Großvater aus Italien mitgebracht. Wenn du willst, kannst du mitessen.»

«Ich will nicht mitessen», sagte ich.

«Hast du heute schon was gegessen?»

«Ja.» Das war eine Lüge. Eigentlich war ich richtig hungrig. Aber ich wollte nicht mit ihm essen. Ich haßte ihn dafür, daß er irgend etwas mit Little June gemacht hatte, ohne daß ich davon wußte.

Er legte die Kelle weg, tat den Deckel wieder auf den Topf und machte die Gasflamme aus. Er konnte keine zwei Dinge gleichzeitig tun. Mit der einen Hand, meine ich. Manchmal sah es aus, als hätte er sich noch gar nicht richtig daran gewöhnt, nur eine Hand zu haben. Manchmal tat er etwas, und man sah ihm an, daß er noch etwas anderes tun wollte, aber dann stockte er jedesmal, so als würde ihm gerade wieder einfallen, daß er ja eigentlich ziemlich behindert war. Ohne sich um mich zu kümmern, ging er zum Schrank, öffnete ihn, nahm zwei Teller heraus und stellte sie auf den Tisch. Die Teller hatten dünne Goldränder. Sie mußten schon unheimlich alt sein, wenn sein Vater sie aus Italien mitgebracht hatte. Die Porzellanglasur hatte haarfeine Sprünge.

«Natürlich ißt du mit, Junge», sagte er. Er blickte kurz auf und grinste. «Ich war mal verheiratet. Ginger hieß sie.» Er lachte leise, so als hätte er lustige Erinnerungen an Ginger. «Bevor wir heirateten, nahm sie im Abendkurs Kochunterricht. Nachdem wir ein halbes Jahr verheiratet waren, kriegte ich nur noch in Plastik verpacktes, tiefgekühltes, gefriergetrocknetes und künstliches Zeug vorgesetzt.»

Ich sah ihm zu, wie er zwei Gläser auf den Tisch setzte und eine Weinflasche dazu. Dann holte er ein großes Brot aus dem Schrank. Es war kein weiches Fließbandbrot, das nach nichts roch, dafür aber mit Vitaminen angereichert war und so elastisch war wie das Gummiband an meiner Unterhose.

«Kocht deine Mutter?» fragte er.

«Manchmal», sagte ich.

Er blickte kurz auf, sagte aber nichts. Er ging zum Herd, hob den Topf hoch und trug ihn zum Tisch.

«Setz dich, Junge.»

«Ich habe keinen Hunger.»

«Dazu brauchst du keinen Hunger zu haben.» Er hob den Deckel vom Kochtopf und legte ihn auf den Tisch. Dann rührte er mit der Kelle in der Suppe herum und schöpfte die

Teller voll. Ohne sich um mich zu kümmern, setzte er sich auf seinen Stuhl, brach ein großes Stück Brot ab, zerteilte es in Brocken und tat sie in die Suppe. So eine relativ leichte Angelegenheit bereitete ihm so viel Mühe, daß ich einen Moment lang versucht war, ihm zu helfen. Als er damit fertig war, goß er Wein in die beiden Gläser.

«Kalifornischer Merlot», sagte er. «Ausgezeichneter Wein. Die alten Winzer in Italien würden sich die letzten Tropfen davon aus dem Schnurrbart saugen, Junge.» Er blickte auf. «Junge, du verpaßt was, wenn du mir nicht Gesellschaft leistest.»

«Ich will wissen, wo Little June ist», sagte ich, ohne mich vom Fleck zu rühren.

«Schon mal was von den Catskill Mountains gehört?»

Ich schüttelte den Kopf. Ich wußte, daß es die Rocky Mountains gab, und damit hatte es sich. Ich war kein Wanderer und kein Kletterer. Ich war ein Stadtmensch. Die freie Natur beunruhigte mich, wenn ich bloß an sie dachte.

DeNevi stocherte mit seinem Löffel in der Suppe herum, fischte einen vollgesogenen Brotbrocken heraus und blies vorsichtig, bis er kühl genug war, damit er ihn schlürfend im Mund verschwinden lassen konnte. Tischmanieren waren das! Wie bei den Bauern oder was. DeNevi legte den Löffel weg und hob sein Glas prüfend ins Lampenlicht. «Ich erinnere mich, daß mein Großvater den Wein zum Frühstück aus einer Schale trank. Die war so groß, daß er Brotbrocken hineintunken konnte. Mein Vater schämte sich deswegen, und wenn Amerikaner zu Besuch kamen, schickte er Großvater immer auf sein Zimmer, wo er allein essen konnte. Mein Vater wollte unbedingt der beste Amerikaner sein, den es gibt. Er verbot uns zwar nie, italienisch zu reden, aber er selbst sprach nur englisch. Er fluchte sogar

auf englisch, obwohl es herrlich ist, auf italienisch zu fluchen.»

DeNevi trank einen Schluck. Er setzte das Glas ab und
beugte sich etwas vor.

«Allmählich gehst du mir auf die Nerven, Junge», sagte er
hart. «Du stehst da und guckst mir beim Essen zu, als wäre
ich in einem Käfig. Hast du noch nie einen Menschen essen
sehen, oder was?» Er griff nach dem Löffel. «Wenn du diese
vorzügliche Gemüsesuppe kalt werden läßt, soll dich der
Teufel holen.»

Ich hob die Schultern. Gemüsesuppe! Mich schauderte innerlich. Einen Moment überlegte ich noch, dann setzte ich
mich doch ihm gegenüber an den Tisch. Ich wußte auch
nicht, warum ich es tat. Wegen Little June wahrscheinlich.
Weil ich unbedingt erfahren wollte, wo sie war, und weil er
es mir nicht gesagt hätte, wenn ich nicht mit ihm gegessen
hätte.

Er sagte jetzt nichts mehr. Ich ergriff das Brot und brach ein
Stück davon ab. Alles mit einer Hand. Es war umständlich.
DeNevi lachte auf.

«Versuch's mit zwei Händen, Junge», sagte er. «Du wirst
sehen, es geht leichter.»

Ich tunkte einen Brocken Brot in die Suppe, die voll war mit
Lauch und Karottenstückchen, dicken Saubohnen und Kar-
toffeln und so. Ich hatte das mal in einem Mafia-Film gesehen.
Es gibt Leute, die behaupten, Al Capone hätte sogar seine
Zigarre in die Suppe getunkt, was natürlich nicht stimmt.

Als der Brocken weich war, sog ich ihn von den Fingern und
zerdrückte ihn sanft im Mund.

«Wo hast du das gesehen? In 'nem Film oder wo?» fragte
DeNevi.

Ich schluckte und ergriff den nächsten Brocken.

«Ich möchte jetzt wissen, was mit Little June ist», sagte ich.
«Little June ist unterwegs zu den Catskill Mountains», sagte
er so, als wären die Catskill Mountains drei Häuser weiter.
Ich war derart aufgewühlt, daß ich schnell nach dem Wein-
glas griff und ohne vorheriges Zeremoniell einfach einen
kräftigen Schluck trank. Der Wein war bitter und säuerlich
zugleich. Ich mag Wein nicht. Ich mag Baccardi und Tequi-
la. Manchmal trinke ich auch Whisky. Nur Penner trinken
Wein.

«Ein bißchen Wein frißt dir weder die Eingeweide noch das
Gehirn weg, Junge», sagte DeNevi, und ich nahm mir vor,
von nun an in seiner Gegenwart weniger intensiv über
irgend etwas nachzudenken, weil er offenbar nicht zu knapp
über hellseherische Fähigkeiten verfügte. Er grinste.
«Schnaps ist nichts für euch», sagte er. «An dem Zeug geht
ihr kaputt. Schnaps und Drogen. Was meinst du, wie lange
du das machst? Zehn Jahre? Fünfzehn?» Er grinste durch
den Dampf hindurch, der aus seinem Teller aufstieg. «Das
ist eine Ewigkeit, denkst du. Fünfzehn Jahre. Dann ist ein
Mensch ohnehin ein alter Knacker. Stimmt's?»
«Stimmt», sagte ich, nicht ohne Trotz.
Er aß. Und ich aß. Wir blickten uns nicht an. Und wir
schwiegen. Es war still in der Wohnung. Irgendwo tickte
eine Uhr. DeNevi schlürfte die Suppe. Dann putzte er den
Teller mit einem Stück Brot aus. Er trank noch ein Glas
Wein.
«Willst du noch was von der Minestra?» fragte er schließ-
lich.
«Nein.»
Er stand auf und holte Zigaretten. Das Streichholz riß er am
Daumennagel an. Das konnte ich auch. Hatte ich schon mit
fünf oder sechs gelernt. Von Daddy Rich. Aber ich hätte nie

gedacht, daß es zu was nütze sein würde, wenn man ein Streichholz einhändig am Daumennagel anreissen konnte.

«Mein Vater hat mir das beigebracht», sagte DeNevi.

«Ich kann's auch», sagte ich. «Mir hat es Daddy Rich gezeigt.»

Kaum hatte ich den Namen gesagt, leuchtete in seinen dunklen Augen ein harter Glanz auf. Ich dachte an das Sprichwort, daß man schlafende Hunde in Ruhe lassen sollte. Jetzt war es zu spät. DeNevi war mit einem Schlag wach geworden, und ich wußte nicht, ob allein der Name von Daddy Rich ihm so zu schaffen machte, oder vielleicht die Erinnerung an die Winternacht, als man ihm die Hand wegschoß.

Die Zigarette im Mundwinkel, begann er das Geschirr wegzuräumen. Er war sehr vorsichtig mit den goldgerahmten Tellern. Irgendwo im Wohnzimmer schlug eine Uhr. DeNevi warf einen Blick auf seine eigene Armbanduhr, so als wollte er sich vergewissern, daß beide Uhren übereinstimmten. Manchmal schien es, als ob er ein unheimlich pingeliger Mensch wäre, einer, bei dem alles haargenau stimmen mußte.

«Trink dein Glas leer, Junge», forderte er mich auf.

Ich trank aus, und er nahm mir das Glas beinahe unter der Nase weg.

«Little June fährt mit Mrs. Frye in die Catskill Mountains», sagte DeNevi, während er versuchte, den Gummipfropfen in den Ablauf der Spüle zu zwängen. Das ging ziemlich schwierig mit einer Hand. Er sagte ganz leise: «Scheiße!» Zweimal hintereinander.

Ich saß wie erschlagen am Tisch und erstickte fast, weil mir der Gedanke den Atem verschlug, daß Little June mit der Tante vom Sozialamt unterwegs war.

«Ich war dort, als du Mrs. Frye angerufen hast, Junge»,
sagte DeNevi. Jetzt ließ er heißes Wasser einlaufen. «Sie
wollte sich unbedingt mit dir treffen und dir sagen, daß du
dir keine Sorgen um Little June zu machen brauchst. Sie
glaubt sogar, daß du im Prinzip ein guter Kerl bist und es
dir gut getan hätte, mitzufahren. Ich habe ihr davon abgera-
ten, zu viele Gefühle in dich zu investieren.»
Ich schwieg. Anscheinend war er dabei, mir einiges zu
sagen. Anscheinend war er jetzt innerlich wütend genug, um
mir heimzuzahlen, daß ich Daddy Rich erwähnt hatte.
«Little June kam zuerst hierher, Junge», sagte er. «Sie
wollte wissen, warum ich dich nicht in Ruhe lasse.»
Er suchte unter der Spüle in einem Schrank herum, bis er
eine Plastikflasche mit Spülmittel fand. Zitronengelb. Es
roch bis zum Tisch herüber, und ich dachte unwillkürlich
an das letzte Zitroneneis, das ich mit Little June bei Bee
Gee's gegessen hatte. Hatte sie mich verraten? Hatte sie sich
gegen mich gewandt?
«Ich habe Little June gesagt, daß ich herausfinden werde,
wer Magruder niedergeschossen hat», sagte DeNevi. «Little
June wollte wissen, ob ich dich verdächtige.»
Ich lachte auf.
«Soll ich etwa geschossen haben?»
DeNevi lachte auch. Er hatte mir den Rücken zugewandt
und wusch sorgfältig jedes einzelne Geschirrstück. Einhän-
dig.
«Ich fragte sie, ob sie dir zutrauen würde, einen Menschen
niederzuschießen. Weißt du, was sie geantwortet hat, Jun-
ge?»
Ich stand auf.
«Ich war bei der Unterhaltung über mich nicht dabei», sagte
ich schleppend und versuchte ein bißchen Spott in meine

Stimme zu bringen. Ich konnte spöttisch sein, wenn ich wollte. Sogar richtig höhnisch. «Außerdem ist es mir scheißegal, was sie von mir denkt. Ich hoffe, sie hat Ihnen gesagt, daß ich einmal einer Ratte den Kopf abgebissen habe. Wer das kann, der kann alles, nicht wahr? Wer einer lebenden Ratte den Kopf abbeißen kann, der kann auch Menschen umbringen.» Ich lachte höhnisch. «Sie kommen nicht an mich ran, Mister. Und vor mir brauchen Sie sich nicht in acht zu nehmen, aber...» Ich brach jäh ab und nahm die Unterlippe zwischen die Zähne.

Er drehte sich um.

«Aber?» fragte er.

«Nichts», sagte ich.

Er seufzte. «Little June sagte mir, daß Tante Gladys Asche im Wald ausgestreut werden sollte. Ich dachte erst, ich fahr sie nach Long Island raus, vielleicht zur Oyster Bay hoch, wo es noch Wälder gibt, aber dann entschied ich, daß Mrs. Frye für Little June eine angenehmere Reisebegleitung abgeben würde.» DeNevi wandte sich wieder der Spüle zu und wusch das Besteck.

«Sie ist mein Vormund.»

«Ich weiß. Und ich habe ihr lieber nicht gesagt, daß du in meine Wohnung eingebrochen bist. Das reichte eigentlich für eine Jugendstrafe.»

Er ließ das Wasser ablaufen. Es gurgelte und gluckste im Rohr. DeNevi rieb das Spülbecken sauber, wusch anschließend den Lappen aus und hängte ihn über den Wasserhahn. Als er fertig war, stand ihm der Schweiß auf der Stirn. «Oh, jetzt habe ich vergessen, den Tisch abzuwischen», sagte er. «Na, das werde ich später nachholen. Komm, wir gehen ins Wohnzimmer, Junge. Ich will dir was zeigen.»

Ich folgte ihm in das Zimmer, das kein Fenster hatte. Dort

holte er eine Landkarte hervor und zeigte mir, wo New York war. «Hier, wenn du den Freeway 87 nach Norden fährst und in Kingston die Überlandstraße 28 nimmst, kommst du in die Catskill Mountains.»

Ich folgte mit meinem Blick dem Finger, der langsam über die Landkarte fuhr, tat aber völlig desinteressiert. So als wäre Little June inzwischen für mich gestorben.

«Ich verbrachte viel Zeit dort. Magruder nahm seine Familie oft zum Angeln mit in die Catskill Mountains. Es gibt gute Forellenbäche dort. Und Magruder kannte die besten Stellen. Er war ein ausgezeichneter Angler.

DeNevi faltete die Landkarte zusammen.

«Es gibt einen kleinen See dort», fuhr DeNevi fort. «Seagers Pond heißt er. Eigentlich ist es nicht mehr als ein Tümpel in einem ziemlich verwilderten Waldstück. Ich fand ihn zufällig, als ich vor ungefähr drei Jahren mit Magruder dort oben in den Bergen war. Ich folgte einem alten Wildwechsel; der führte durch dichtes Unterholz direkt zu Seagers Pond. Kaum jemand weiß, daß der Tümpel überhaupt existiert. Aber auf einer alten Karte fand ich ihn eingezeichnet. Und auf der alten Karte stand auch das Wort Grabhügel. Jemand hatte es mit Bleistift draufgeschrieben.» DeNevi hielt inne. Sein Blick ging an mir vorbei in die Ferne. Wahrscheinlich zu diesem Tümpel in den Bergen.

«Ich ging dorthin zurück. Zusammen mit Magruder. Wir stocherten im Unterholz herum und entdeckten tatsächlich einen Hügel, der nicht richtig ins Gelände paßte. Nicht sehr groß und nicht sehr hoch. Er war mit Gestrüpp überwuchert, und jemand, der nichts von solchen Dingen versteht, wäre nie darauf gekommen, daß es ein künstlicher Hügel war.» DeNevi zog eine Kiste ins Lampenlicht. Sie enthielt einen ganzen Haufen alten Kram, verrostete Metallstücke und vermoderte Knochen, an denen noch Dreckklumpen und Wurzelfasern hingen. Ich konnte mir diesem Zeug nichts anfangen, obwohl mir natürlich klar war, daß DeNevi und Magruder den Hügel umgegraben hatten.

«Das sind die Überreste einiger Soldaten, Junge», sagte DeNevi stolz. «Messingknöpfe von Uniformen, Gürtelschnallen. Teile von Helmen und sogar Haken und spitze Spontons.» Er nahm ein Stück Eisen heraus, das wie eine abgebrochene Lanzenspitze aussah, mit einem Haken dran. «Dort, wo die Soldaten herkamen, nannte man diese Waffe Saufeder, weil man sie zur Wildschweinjagd benutzt hatte.»

«Und wo kamen die Soldaten her?» fragte ich, weniger aus Interesse, als um ihm das Gefühl zu geben, daß ich aufgepaßt hatte.

«Aus Europa», sagte er. «Das waren hessische Soldaten, die im Unabhängigkeitskrieg an der Seite der Briten gegen die Amerikaner kämpften. Magruder und ich, wir fuhren jedes freie Wochenende zum Seagers Pond. Meistens nahm er seine Frau und die Kinder mit. Ein merkwürdiges Fieber hatte uns gepackt. Wir gruben Stück für Stück des Hügels ab, vorsichtig, daß nichts kaputt ging. Wir arbeiteten manchmal wie Besessene, von Sonnenaufgang bis Sonnenuntergang. Für uns war es, als ob wir auf einen Schatz gestoßen wären, aber da war nichts, nur Knochen und Uniformstücke. Schließlich, nachdem wir fast den ganzen Hügel umgegraben hatten, stießen wir auf schwere Eisenteile, die sich nicht bewegen ließen. Wir gruben vier oder fünf Sonntage lang, bevor wir erkennen konnten, daß wir auf eine Haubitze gestoßen waren. Zuerst wollten wir es nicht glauben. Da hatte jemand mit einigen Soldaten zusammen eine echte Kanone vergraben. Wir drehten beinahe durch.

Magruder holte Stapel von Büchern aus der Bibliothek, um alles über die hessischen Soldaten herauszufinden. Er ließ sogar Bücher aus Europa kommen. Aus Deutschland. Wir fuhren so oft es nur ging zum Hügel und gruben vorsichtig weiter. Und wir kamen gut voran, bis zum 24. Februar. An diesem Tag waren wir das letzte Mal draußen, und wir hatten ein Stück der Lafette freigelegt. Das Holz der Räder war morsch, und einige Speichen zerfielen, wenn man sie berührte. Magruder wollte das nächste Mal Holzleim mitnehmen, um die Spalten und Risse auszustreichen.» DeNevi brach ab und blickte mich an. Jetzt herrschte Totenstille in seiner Wohnung. Ich starrte zu Boden.

DeNevi räusperte sich.

«Es fielen vier Schüsse aus zwei verschiedenen Revolvern», sagte er plötzlich. «Drei Kugeln trafen Magruder. Die Waffe war eine 38er Spezial Automatic. Die Polizei hat alle drei Kugeln. Sie sind aus der gleichen Pistole abgefeuert worden, die vor drei Jahren bei einem Banküberfall in Williamsburg benutzt wurde. Damals wurde ein Bankangestellter niedergeschossen, und laut Zeugenaussagen handelte es sich bei dem Täter um einen Schwarzen, dem die Schneidezähne fehlten.»

«Daddy Rich hat Goldzähne», sagte ich.

«Damals hatte er eine Zahnlücke», beharrte DeNevi.

«Vor drei Jahren war er noch ein Kind.»

«Er war sechzehn. Älter, als du jetzt bist.»

«Warum hat man ihn nicht vor Gericht gebracht, wenn man so sicher ist, daß er die Bank überfallen hat?»

«Wir hatten einen Zeugen; einen Bankkunden. Leider zeigte er bei der Gegenüberstellung auf den falschen Mann.»

«Wenn Daddy Rich die Bank überfallen hätte, hätte er mir davon gesagt. Wir haben keine Geheimnisse.»

DeNevi schüttelte den Kopf. «Junge, was muß noch passieren, bevor du merkst, daß Daddy Rich nicht gut für dich ist. Er ist kein Freund. Er imponiert dir, weil er es zu etwas gebracht hat. Er macht Geschäfte. Er hat ein paar Mädchen, die für ihn anschaffen. Man respektiert ihn. Er hat Beziehungen, und er fährt einen Cadi. Vielleicht war er für dich so was wie ein großer Bruder, und er hat dir vielleicht einige Male aus der Patsche geholfen. Aber du schuldest ihm nichts, Junge.»

«Stimmt», sagte ich. «Ich schulde ihm nichts. Er weiß es, und ich weiß es.»

«Warum schützt du ihn dann?»

«Ich schütze ihn nicht.»

Ich blickte auf, und ich versuchte in seine Augen zu sehen. Wir starrten einander an. Mein linker Mundwinkel begann zu zucken. Mir war, als könnte er durch meine Augen in mich hineinsehen. Mir wurde ganz mulmig im Magen. Zum Glück miaute plötzlich die Katze. Sie tauchte in der Türöffnung auf, drückte sich mit steilem Schwanz am Türrahmen entlang und trottete dann zu DeNevi hinüber. Sie umschlich seine Beine, und er hob sie auf.

«Das ist Clemens», sagte er.

Ich kannte Clemens. Wir hatten schon miteinander gespielt.

«Kann ich jetzt gehen?» fragte ich.

DeNevi lächelte. Er versuchte nicht, mich zu überreden, hierzubleiben. Sein Lächeln gab mir zu denken. Er sah aus, als hätte er irgend etwas erreicht mit mir. Ich wußte nur nicht, was. Und das machte mich unsicher. Ich ging von der Halsey Street hinunter zum «Strand». Dort war Betrieb. Malcolm, der Butler, sagte mir, daß alle in der Bude von Spider Man Poker spielen würden. Daddy Rich auch. Ich ging dorthin. Spider Man war nicht da. Jemand hatte ihn bei Bee Gee's gesehen. Ich machte mir ein bißchen Sorgen um ihn, ließ mir aber nichts anmerken.

«He, Kleiner!» rief Daddy Rich, als er vom Spiel aufblickte. Gugu löste sich von einem finster aussehenden Typen, der am Kühlschrank lehnte und eine Dose Budweiser in der Hand hielt.

«Weißt du, wo Little June ist?» fragte Gugu kichernd. «Sie ist mit einer Tante vom Sozialamt weggefahren. Was sagst du dazu, Silkpaw?»

Daddy Rich lachte laut. Seine Goldzähne blinkten. Auf seinem Gesicht glitzerte Schweiß. Wußten sie inzwischen auch, daß ich bei DeNevi gewesen war?

«Die Asche von Tante Gladys ausstreuen», gluckste Gugu, und plötzlich fing sie zu schluchzen an und drückte ihr Gesicht gegen mein frischgewaschenes Hemd.

Ich sah, wie Daddy Rich ein paar Geldscheine in die Mitte des Tisches legte, wo schon mindestens zweihundert Dollar lagen. Nur einer ging mit, ein Spieler aus Manhattan, der mit Vorliebe rosafarbene Samtjacken trug. Er nannte sich Downtown-Charlie, und er kam ab und zu her und machte Geschäfte mit Daddy Rich. Ich hatte einmal gegen ihn gewürfelt und etwa zweihundert Bucks gewonnen. Als er mich sah, lächelte er süßlich.

«He, Mann, hab's gehört, daß du dir allmählich 'nen Namen machst», sagte er. «Silkpaw. Ich mag das. Das hat Stil, Mann. Klasse.» Er küßte den Rand seiner Karten, und ich grinste schief. Immerhin kannte man mich inzwischen schon in Manhattan, und zwar nicht in den schlechtesten Kreisen. Gugu machte mir das Hemd naß. Ich wurde nicht klug aus ihr. Jetzt, nachdem Tante Gladys schon eine Ewigkeit tot war, weinte sie. Ich konnte das nicht verstehen.

Der Typ beim Kühlschrank beobachtete uns. Er gehörte zu

Downtown-Charlie. War sein Leibwächter. Besser als Malcolm, jederzeit. Der Typ trug eine Kanone im Schulterhalfter.

«Wenn du Lust hast, kannst du dich einkaufen, Silkpaw», bot mir einer der Spieler an, der ausgestiegen war.

Ich hatte keine Lust.

«Warum nimmst du nicht Gugu mit zu Bee Gee's», sagte Daddy Rich. «Das kann lange dauern hier.»

«Der Kleinen gefällt's hier», sagte der Typ beim Kühlschrank. Er zwinkerte herüber, aber Gugu sah ihn nur dämlich an, schnupfte und wischte sich die Tränen vom Gesicht. Dabei verschmierte sie die ganze Schminke.

«Komm, wir gehen», sagte ich und nahm sie beim Arm.

Der Typ beim Kühlschrank kam uns nach und wollte Gugu zurückhalten, aber Daddy Rich sagte ihm, daß er besser die Finger von seinem Mädchen lassen sollte. Der Typ gehorchte sogar.

Ich ging mit Gugu nicht zu Bee Gee's. Wir gingen hinunter zum Park, und sie weinte noch ein bißchen, aber schließlich war sie wieder ganz in Ordnung und versuchte, mich zu verführen. Ich dachte an Little June, aber eigentlich hatte ich nichts dagegen, mich verführen zu lassen. Ehrlich, ich war schon seit einiger Zeit ziemlich drauf aus, mich verführen zu lassen. Das ist ein Trieb oder was. Völlig normal in meinem Alter. Ich hatte nur keine große Ahnung von nichts, und Gugu wußte immerhin eine ganze Menge. Mir war nicht ganz wohl. Wir knutschten und kamen furchtbar ins Schwitzen, und sie drückte sich an mich und flüsterte mir allerhand Dinge ins Ohr, bis ich beinah den Verstand verlor. Auf jeden Fall war sie fast ausgezogen, als ich plötzlich keine Lust mehr hatte. «So was gibt es überhaupt nicht, daß einer keine Lust mehr hat», sagte sie. So was sei ihr noch nie passiert.

Ich hatte keine Ahnung, was passiert war. Ich hatte einfach Bammel oder so. Außerdem roch ihr Parfüm furchtbar aufdringlich, und alles war so umständlich, weil wir nicht allein im Park waren und keine zehn Schritte von uns entfernt zwei andere knutschten.

«Komm, wir gehen zu Bee Gee's», sagte ich schließlich.

«Du bist verrückt, Silkpaw», sagte sie und rückte ihr Zeug zurecht. Dann lachte sie, sprang auf und hängte sich bei mir ein. Sie hüpfte neben mir her durch den Park und die Straße hoch. Auf halbem Weg zu Bee Gee's entdeckte ich Corbin, der in seinem Ford Streife fuhr. Er hielt am Straßenrand.

«Rick!» rief er herüber.

Ich ging weiter, ohne ihn zu beachten. Er folgte uns ein Stück und rief noch ein paarmal herüber. Schließlich gab er es auf und fuhr davon.

Jack war zu Hause. Nüchtern. Er trug kein Hemd. Als ich eintrat, grinste er und drehte mir den Rücken zu. Seine Wunden waren genäht worden. Die Fäden hingen noch aus seiner schrumpeligen Haut. Er grinste mir über die Schulter zu.

«Willst du mir die Fäden ziehen, Junge?» fragte er.

Mom kam aus dem Schlafzimmer. Sie sah müde aus und mager.

Sie aß zu wenig. Und manchmal, wenn sie etwas gegessen hatte, ging sie auf die Toilette und erbrach sich.

Ich ging zum Kühlschrank und machte mir ein Sandwich. Jack hatte einen bunten Ball mitgebracht. Er rollte ihn am Herd vorbei gegen die Wand. Kim hatte sich ganz klein gemacht und schaute dem Ball zu, wie er gegen die Wand rollte und von dort zurück zu Jack. Jack grinste. Jack wollte nur, daß sie unter dem Herd hervorkam. Aber sie hatte Angst. Vor ihm und vor dem Ball.

«Mrs. Frye war hier», sagte Mom. «Sie macht sich Sorgen um dich. Sie hat gesagt, daß sie sich alle Mühe mit dir gibt, weil sie denkt, daß du ein besseres Leben verdienst.»

«Was ist schlecht an meinem Leben?»

Jack lachte und richtete sich auf.

«Du kannst ein Schwein so oft waschen, wie du willst, es geht immer wieder in den Dreck zurück.»

«Das gilt vielleicht für dich», gab ich zurück und verließ die Wohnung, bevor es Streit geben konnte. Ich war ziemlich müde und hätte mich eigentlich gern hingelegt, aber solange er bei Mom war, wollte ich nicht auch in der Wohnung sein. Ich aß das Sandwich, während ich die Straße hinunterging. Ein kleines Stück davon gab ich einem Hund mit einem blinden Auge.

7

Am nächsten Tag erfuhr Daddy Rich, daß es DeNevi auf ihn abgesehen hatte. Ich hatte keine Ahnung, wie das Gerücht aufkam, denn ich hatte mit niemandem darüber geredet, und Little June streute irgendwo in den Catskill Mountains die Asche von Tante Gladys aus.

Am Nachmittag traf ich Spider Man im Club House. Er lag auf einer Matratze, und seine Augen glühten. Er hatte sich Heroin geschossen, und er war ziemlich daneben. Er war der erste, der mir sagte, daß Daddy Rich auf der Suche nach mir war.

Ich ging nach Hause. Jack war nicht mehr dort. Kim saß in der Ecke schräg unter dem Fenster und summte vor sich hin. Wenn sie glücklich war, summte sie. Der Ball, den ihr Jack gebracht hatte, rollte zur Wand und zurück zwischen ihre Beine. Sie hatte Spaß daran.

«Dein Freund war hier», sagte Mom. «Der mit den Goldzähnen.»

Ich zog mein Hemd aus, nahm ein Handtuch vom Haken und ging ins Bad. Mom kam hinterher, und ich schlug die Tür zu, bevor sie hereinkommen konnte. Sie hieb ihre Fäuste gegen die Tür.

«Rick!» schrie sie. «Rick, ich will wissen, was los ist, hörst du!»

Ich zog mich aus und betrachtete mich im Wandspiegel. Ich habe eine Narbe an der Hüfte. Von einem Messer. Vor anderthalb Jahren wollte mich einer umbringen. Wegen ein paar lausigen Kröten. Die Narbe ist gut verheilt, ohne daß sie genäht worden war. Sonst stimmte alles an mir, außer dem leichten Klumpfuß, und ich dachte unwillkürlich daran, wie es wäre, wenn ich mit einem Mädchen zusammen nackt im Bett läge. Solche Dinge fielen mir in letzter Zeit immer häufiger ein.

«Rick, mach die Tür auf!»

«Laß mich in Ruhe», sagte ich ziemlich laut. «Ich will duschen.»

«Du hast irgend etwas angestellt, nicht wahr? Sie sind hinter dir her, weil sie dir eine Lektion erteilen wollen. Ich habe ihre Augen gesehen. Böse Augen, Rick. Sie sind wütend auf dich. Besonders der mit den Goldzähnen.»

«Das ist Daddy Rich, Mom.»

«Was hast du angestellt, Rick?»

«Nichts. Mach dir keine Gedanken.»

Sie sagte nichts mehr. Aber als ich aus dem Bad kam, fiel sie mich an wie eine Furie, und ihre Krallen rissen mir die Haut auf der Brust auf. «Du bringst uns nichts als Unglück!» schrie sie und versuchte, mich zu schlagen. Ich mußte sie festhalten, und sie trat nach mir. Sie war vollkommen hysterisch, und als ich sie von mir wegstieß, prallte sie gegen den Tisch, und ein Stuhl fiel um. Aus den Augenwinkeln sah ich, wie Kim blitzschnell unter den Herd kroch. Mom brüllte, daß ich versuchen würde, sie umzubringen. Auf der Treppe lärmte jemand. Ich ging zum Bett und holte ein neues Hemd darunter hervor. Alle meine Kleider sind unterm Bett aufgehoben, weil es nur noch einen Schrank gab, seit Mom den anderen zu Feuerholz zerhackt hat.

Mom begann plötzlich zu lachen. Sie kam herüber und umarmte mich.

«Du bist mein Junge», sagte sie. «Ich will nur nicht, daß sie dir etwas Schlimmes antun, verstehst du. Geh nicht weg, Rick. Sie warten auf dich. Der mit den Goldzähnen hat ausrichten lassen, daß er dich sehen will.»

«Er ist mein Freund, Mom», sagte ich.

Sie löste sich von mir. «Du sollst nicht solche Freunde haben, Rick. Solche Freunde sind schädlich. Sie verleiten dich, schlimme Sachen zu tun.»

«Niemand verleitet mich zu irgend etwas, was ich nicht tun will.»

«Die Frau vom Sozialamt hat gesagt, daß aus dir ein guter Mensch werden könnte, wenn du dir Mühe gibst.»

«Was ist ein guter Mensch, Mom?»

Mom starrte mich eine Weile an. Ich zog das Hemd und die Hose an. Mein Haar war naß, und ich kämmte es nach hinten. Wenn mein Haar naß ist, läßt es sich kämmen. Sonst ist es gekräuselt und hart. «Hast du noch Geld, Mom?»

Sie schüttelte den Kopf. «Jack mußte sich Geld leihen. Er hat seinen Job verloren, weil man ihn eingesperrt hat.»

Ich sagte nichts darauf. Es war ihre Sache, was mit Jack war. Außerdem war meine Meinung ohnehin nicht gefragt. Und das akzeptierte ich. Wenn meine Meinung nicht gefragt war, dann war das in Ordnung. Ich wünschte nur, andere Leute hätten bei mir auch darauf Rücksicht genommen, daß ihre Meinung nicht gefragt war. Aber bei mir war das anders. Mir redete jeder drein.

Ich gab ihr dreißig Dollar, bevor ich wegging. Sie wollte unbedingt einen Kuß, und ich gab ihr einen. Immerhin bügelte sie meine Hawaii-Hemden.

Daddy Rich saß im Bee Gee's. Er blickte nicht auf, als ich eintrat. Er war allein.

Ich bestellte ein Zitroneneis und setzte mich zu ihm an den

kleinen Tisch ganz hinten in der Ecke. Von dort konnte man den ganzen Laden und den Eingang überblicken.

Wir saßen uns gegenüber, aber keiner sagte ein Wort. Tony Lugosi brachte das Eis, und ich bezahlte sofort. Er fragte, ob wir sonst noch was haben wollten. Die Frage galt eigentlich Daddy Rich, aber Daddy Rich blickte nicht auf und murmelte nur: «Geh zum Teufel, Tony.»

Ich begann mein Eis zu essen.

Mindestens fünf Minuten verstrichen.

«Erzähl mir von deiner Bekanntschaft mit diesem Krüppel, Mann!» sagte Daddy Rich plötzlich näselnd und ohne aufzublicken.

«Da gibt es nicht viel zu erzählen», erwiderte ich.

Jetzt hob er den Kopf. Er sagte nichts. Er blickte mich nur an, und ich wußte sofort Bescheid.

«Am Tag, als Tante Gladys starb, habe ich ihn zum ersten Mal gesehen», sagte ich. «Er stand dort vor dem Haus und sah zu, wie man Tante Gladys im Sarg herunterholte und im Leichenwagen unterbrachte.» Ich nahm einen Kugelschreiber aus meiner Hemdtasche und begann, auf den Tisch zu kritzeln. Eigentlich sah ich gar nicht, was ich kritzelte. Ich dachte an den Moment, als ich DeNevi zum ersten Mal gesehen und vermutet hatte, daß er eine Kanone in der Hand hielt. Ich mußte lachen.

«Warum lachst du?» fragte Daddy Rich.

Ich erzählte ihm von DeNevi. Warum sollte ich vor ihm Geheimnisse haben? Außerdem wollte DeNevi es ja nicht anders. Schon am Anfang hatte er mich aufgefordert, Daddy Rich zu sagen, daß er hier war. Also nahm ich kein Blatt vor den Mund, und je länger ich von DeNevi erzählte, desto mehr spürte ich, daß ich ihn gern losgeworden wäre. Er bedrängte mich. Er machte mein Leben kompliziert. Ich mochte ihn nicht. Irgendwie ging eine Gefahr von ihm aus. Natürlich sagte ich Daddy Rich nichts davon. Ich erzählte ihm nur, daß sich DeNevi in der Halsey Street eingenistet hatte und es ihm gelungen war, Little June gegen mich einzunehmen. «Sie hat womöglich durchgedreht, sonst wäre sie niemals mit dieser Tante vom Sozialamt in die Berge gefahren», sagte ich. «Außerdem habe ich es satt, daß sich jeder in mein Privatleben einmischt, wenn du verstehst, was ich meine.»

Er grinste und beugte sich zu mir herüber.

«Ich wußte, daß auf dich Verlaß ist, Mann», sagte er. «Man redet davon, daß du mich dem Henker ausliefern willst. Es heißt, daß du mit Corbin zusammen unter einer Decke steckst und daß du DeNevi Informationen gibst. Ziemlich übles Gerede, Mann. Ich hasse es, wenn man solches Zeug verbreitet. Es macht dich schlecht. Es macht uns beide schlecht. Unsere Freundschaft könnte kaputt gehen.» Er bleckte seine Zähne. «Guck untern Tisch, Mann. Die ganze Zeit, während du hier sitzt, habe ich mit meiner Knarre auf deinen Bauch gezielt.»

Ich guckte unter den Tisch. Tatsächlich hatte er einen Revolver in der Hand. Mein Magen drehte sich. Beinahe hätte ich das Eis gekotzt.

«Was ist, Mann? Du siehst so blaß aus.»

«Blaß?» Ich grinste ihn an. «Warum sollte ich dich dem Henker ausliefern, zum Teufel! Das ergibt doch keinen Sinn.»

«Vieles ergibt keinen Sinn.» Er steckte den Revolver ein. «Aber man sagt, daß du gern meinen Cadi fahren würdest. Außerdem ist da noch Gugu. Sie legt goldene Eier.» Er lachte schallend. «Mann, wenn ich in ein paar Jahren genug habe und aufhöre, kriegst du das Revier hier. Ich wüßte sonst keinen, dem ich meine Nachfolge überlassen möchte, Mann. Spider Man? Der macht es nicht mehr lange. Malcolm ist ein Idiot. Wer sonst? Die Jungs aus Manhattan möchten gern ran, aber die taugen nichts. Du bist der einzige, der das Zeug dazu hat. Du bist clever. Du weißt, auf welcher Seite das Brot mit Butter beschmiert ist. Ich habe dich unter meine Fittiche genommen, und jetzt seh ich zu, daß du richtig fliegen lernst. Klar?»

Das klang alles sehr ernst und bedeutend. Und manchmal, wenn es wichtig war, nannte er mich nicht Kleiner. Dann nannte er mich Mann. Ich machte mir längst nicht mehr so viel daraus, wie vor Jahren, als mir noch jedesmal regelrecht der Kamm schwoll vor Stolz. Ich war eben älter jetzt und weiser.

«Natürlich sorgen wir dafür, daß der Tratsch ein Ende hat und niemand mehr auf den Gedanken kommt, wir säßen nicht zusammen im selben Boot.» Daddy Rich grinste scharf. «Und wenn DeNevi denkt, daß ich durchdrehe und in die Hose kacke, weil ich mich vor ihm fürchte, dann ist das ein Irrtum, für den er zu zahlen hat, nicht wahr? Erzähl mir von ihm, Kleiner! Wie lebt er und so. Du hast dich doch umgesehen. Kann man in seine Wohnung reinkommen, wenn er schläft?»

Ich hob die Schultern. «Ich weiß nicht», sagte ich. «Die Tür ist massiv und hat ein Sicherheitsschloß.» Davon, daß ich schon einmal in DeNevis Wohnung eingebrochen war, sagte ich nichts. Warum hätte ich ihm das erzählen sollen? Eigentlich machte es mir nichts aus, DeNevi klarzumachen, daß er hier in unserem Revier nichts verloren hatte. Der Gedanke gefiel mir sogar. Ich erzählte Daddy Rich, daß DeNevi einen Dodge Pick-Up fuhr, mit Funk und Allradantrieb. Daddy Rich wiegte den Kopf.

«Wir könnten die Karre in die Luft jagen», sagte er. «Aber das ist zu aufwendig. Es gäbe einen großen Bums. Die Zeitungen würden darüber schreiben. Wollen wir das, Mann? Wollen wir, daß uns die Zeitungen ihre Aufmerksamkeit schenken?»

«Nicht unbedingt, obwohl es ein schönes Feuerwerk werden könnte», grinste ich.

«Hat er Familie? Eine Frau? Kinder?»

«Nein. Ich glaube nicht. Wenn er von seinem Leben erzählt, erzählt er nur immer von sich allein und von Magruder, der hatte eine Familie.»

«Verfluchter Idiot. Was mußte der ausgerechnet auftauchen, als ich das große Geschäft machen wollte. Fünf Minuten später, und er wäre heute noch am Leben.»

«Er hat eine Katze», sagte ich.

Daddy Rich blickte auf. «Was?» fragte er.

«DeNevi», sagte ich. «Er hat eine Katze.»

Jetzt kapierte er. Er hieb mir die Hand auf die Schulter. Ich mochte das nicht, weil Jack mir ab und zu auch auf die Schulter klopfte, als wäre er mein Kumpel oder so.

«Die Katze», sagte Daddy Rich. «Gute Idee, Kleiner. Erinnerst du dich an den Film: Da haben sie einem dämlichen Filmfritzen den abgeschnittenen Kopf seines Lieblingspferdes ins Bett gelegt, ohne daß der etwas merkte. Das war ein böses Erwachen, Kleiner. Dem sind fast die Augen aus dem Kopf gefallen, als er das Blut sah und merkte, daß er irgend etwas unter der Decke hatte, was da nicht hingehörte.»

Ich hatte den Film mal im Fernsehen gesehen. *Der Pate* hieß er, und der alte Brando spielte die Hauptrolle. Ich erinnerte mich noch genau an die Szene und wie es mich gegraust hatte.

«Kennst du dich aus mit Katzen?» fragte Daddy Rich.

Ich schüttelte den Kopf. «Ich habe keine Ahnung von Katzen. Ich weiß auch nicht, ob er sie aus der Wohnung raus läßt. Vielleicht ist es besser, wenn wir seinen Dodge in die Luft jagen. Iron Claw kann eine Zeitbombe basteln. Er kennt sich aus.»

«Der ganze Zirkus ist zu kompliziert. Und die Leute von der Spurensicherung könnten vielleicht was finden, und dann brauchen sie Iron Claw nur ein bißchen an seinem dämlichen Nasenring aufzuhängen, und schon singt er wie eine Drossel.»

Daddy Rich rückte den Stuhl näher zu mir heran und legte mir einen Arm um die Schultern. Er brachte sein Gesicht dicht an meines heran. Ich konnte riechen, daß er Pfefferminz gelutscht hatte.

«Ich bin sicher, daß du die Katze erwischst, Kleiner», sagte er leise, aber eindringlich. «Bestimmt gibt es eine Feuerleiter bis zu seiner Wohnung hoch. Das können wir morgen erledigen. Je früher, je besser. Ich will nicht, daß er noch lange hier herumschnüffelt, verstehst du. Er vermiest uns die Stimmung. Gerüchte sind nie gut. Am Ende müssen wir ihn umbringen oder was.»

«Ich komm nur an die Katze ran, wenn er aus dem Haus ist», wandte ich ein.

«Das ist einfach. Ich schicke morgen abend, kurz bevor es dunkel ist, Malcolm zu ihm. Er soll zum Park kommen. Allein. Malcolm kann DeNevi sagen, daß du im Park auf ihn wartest.»

«Und falls es keine Möglichkeit gibt, in die Wohnung reinzukommen?»

«Es gibt eine Möglichkeit, Mann», sagte er hart. «Es gibt immer eine Möglichkeit. Schlag ein Fenster ein. Brich das

Türschloß auf. Mir ist das scheißegal, verstehst du. Hauptsache, du legst ihm seine tote Katze ins Bett, und er kriegt den Schreck seines Lebens.»

Ich nahm die Unterlippe zwischen meine Zähne und blickte ihn nur an. Er meinte es ernst. Er wollte DeNevi mit seiner toten Katze erschrecken.

«Was ist?» fragte er. «Mach nur nicht in die Hose, Kleiner.»

«DeNevi ist kein Mann, den du mit einer toten Katze erschrecken kannst, Daddy Rich», sagte ich.

«Zumindest ist es eine Warnung, verflucht nochmal. Er weiß dann Bescheid, Mann. Es ist ernst, verdammt ernst. Die Sache mit Magruder ist vorbei. Aus und Amen. Corbin weiß, daß er nichts gegen mich in der Hand hat. In ein paar Monaten ist alles vergessen.»

«Du weißt, was man sagt», widersprach ich ihm. «Man sagt, daß die anderen Cops geschworen haben, dich eines Tages umzulegen.»

«Das ist Gerede, Kleiner. Solange man nicht den geringsten Hinweis hat, daß ich geschossen habe, so lange wird niemand auf mich schießen. So einfach ist das. Außer ein Verrückter mischt sich ein. Einer wie DeNevi, der jederzeit durchdrehen kann. Erstens wegen Magruder und zweitens, weil er nur noch eine Hand hat. So einer kriegt leicht Depressionen. Wir müssen ihm klarmachen, daß wir ihm die Hölle heiß machen, wenn er nicht verschwindet. Bring seine Katze um, Kleiner!»

Daddy Rich rückte seinen Stuhl und erhob sich. «Wir sehen uns morgen nachmittag, Kleiner. Bring ein scharfes Messer mit.» Er grinste, drehte sich um und kniff Tony beim Vorbeigehen in den Hintern. Tony fluchte auf italienisch hinter ihm her. Es machte offenbar Spaß, auf italienisch zu fluchen.

Ich blieb am Tisch sitzen und überlegte mir, wie man am leichtesten eine Katze töten konnte. Mir fiel nichts Gescheites ein. Außerdem mochte ich Katzen. Manchmal erinnert mich meine Schwester an eine Katze. Ich konnte unmöglich DeNevis Katze töten. Diese Erkenntnis machte mir zu schaffen. Jeder kann eine Katze töten, versuchte ich mir einzureden. Wer keine Katze töten kann, ist ein Schwächling.

Ich verließ Bee Gee's und ging den «Strand» hinunter. Ich ließ mich zum Würfelspiel überreden und gewann fast zwanzig Bucks. Es wurde eine lange Nacht. Ich wußte nicht, wohin ich gehen sollte. Nach Mitternacht rief ich die Nummer von Esther Frye an. Niemand meldete sich. Ich ging zum Park. Jemand fragte mich aus dem Dunkeln heraus, ob ich die Nacht mit ihm verbringen wollte. Es war ein Mann. Ich ging hinunter zur Fulton Street, dort war Licht. Dann ging ich nach Hause. Jack war nicht dort, und Mom schlief. Kim erwachte. Ich kroch zu ihr in die Ecke schräg unter dem Fenster. Sie blickte mich mit ihren großen, dunklen Augen lange an. Ich streckte die Hand aus.

«Komm», sagte ich leise.

Sie kam unter dem Herd hervor, und ich legte einen Arm um sie, und sie schlief an meiner Brust ein. Irgendwann schlief ich auch ein, und als die Sonne aufging und durch das Fenster schien, lagen wir beide dicht beisammen in der Ecke. Insgeheim wünschte ich mir, es wäre überhaupt nicht Tag geworden.

Spider Man, Malcolm und ich, wir hockten auf der Mauer im Park. Malcolm kaute an seinen Fingernägeln herum und kam dabei ins Schwitzen. Es war furchtbar heiß, die Luft war grau vom Staub und vom Smog. Spider Man fröstelte. Er trug einen Wollpullover, den die Motten angefressen hatten. Er war ziemlich nervös. Wahrscheinlich fieberte er schon wieder dem nächsten Schuß entgegen. Auf seinem Gesicht glitzerte Schweiß. Er war ziemlich mies dran. Ziemlich mies. Am liebsten hätte ich ihm gesagt, daß er mal mit der Tante vom Sozialamt reden sollte, damit man ihn zur Entzugskur schicken konnte, aber ich sagte nichts. Er war schon vollkommen verödet im Kopf und hätte überhaupt nicht begreifen können, daß er dabei war, sich selbst ein Grab zu schaufeln. So ein Kacker war aus ihm geworden, nur weil er mit den harten Sachen angefangen hatte und sich am Anfang so verdammt viel darauf einbildete, daß es mir im Hintern weh tat, wenn ich ihn mit seinen glasigen Augen rumlaufen sah, als wäre er der König der Fixer. Ehrlich, mit diesem Zeug hatte ich von Anfang an nie was zu tun, und jeder wußte das. Wenn mir einer damit in die Nähe kam, wurde ich pampig. Sogar Daddy Rich wußte das, und der machte Geschäfte damit.

Drüben beim Korbballplatz hielt ein Streifenwagen an. Robson und Hill waren es, zwei von Corbins Leuten. Von denen wußte ich, daß sie sich ihr Taschengeld nicht mit Überzeit in der Uniform verdienten. Spider Man rutschte sofort von der Mauer und ging über den Platz, die Hände in den Hosentaschen und die Schultern hochgezogen, als wäre es mitten im Winter. Er machte sich an den Streifenwagen ran, und Robson stieg aus und stieß ihm seinen Knüppel so hart in den Bauch, daß Spider Man in die Knie ging. Robson lachte und packte Spider Man am Pullover. Er schob ihn auf den Streifenwagen zu, und Hill stieg aus, öffnete die hintere Tür, und sie verfrachteten Spider Man in den Fond. Dann fuhren sie davon.

«Verfluchte Schweine», sagte Malcolm. «Wetten, daß Spider Man von ihnen einen Schuß kriegt.»

«Er macht sich selbst kaputt», sagte ich. «Er kann niemanden dafür verantwortlich machen.»

«Trotzdem sind es Schweine», widersprach Malcolm. Er war halt schon ein rechthaberischer Döskopf. Von nichts hatte er eine Ahnung. Zum Beispiel, daß Robson und Hill dafür sorgten, daß ihr Vorgesetzter Corbin und dessen Chef in unserem Revier nie genau wußten, was gespielt wurde. Mehr als einmal hatten sie Daddy Rich gedeckt. Und Daddy Rich zeigte sich großzügig. Er versorgte sie ab und zu mit Schnee zum Selbstkostenpreis. Für Marihuana kriegten sie den größten Rabatt bei ihm. Das brachte ihnen wiederum beim Verkauf einen größeren Profit ein. Von Robson wußte ich, daß er ein Motorboot besaß und daß seine Tochter jede Woche dreimal Reitunterricht nahm. Reitunterricht. So was muß ein Cop erst mal finanzieren können! Und Hill fuhr einen roten Camaro, mit allem Drum und Dran, verbrachte den Sommerurlaub in Colorado beim Drachenfliegen und hatte eine Freundin, die sich in Nerz kleidete und sich mit hochkarätigem Schmuck behängte. Früher oder später, dachte ich, würde Corbin sie erwischen, falls Corbin überhaupt ein Interesse daran hatte, sie zu erwischen.

Die Cops sind alle korrupt, behauptete Daddy Rich. Wer ein paar Jahre die Uniform trägt, hat schon ganz krumme Finger, und zwar nicht von der Gicht, sondern vom Hohle-Hand-Machen.

Corbin vielleicht nicht. Aber wer wußte es? Niemand. Corbin schien sauber zu sein. Aber das konnte täuschen. Ich traute ihm nicht. Das hatte ich früh gelernt. Jeder schwindelte sich durchs Leben. Wenigstens hier, im Bedford-Stuyvesant-Bezirk von Brooklyn. Wenn es hier einen einzigen

Menschen gibt, der von sich behaupten kann, noch nie gelogen zu haben, dann will ich nie mehr einen Würfel in die Hand nehmen. Wenn es um Geld geht, lügt jeder. Weil Geld alles ist. Geld ist satt werden. Geld ist Puma-Runners tragen. Geld ist Bier saufen. Geld ist Robsons Motorboot und der Nerz, den sich Hills Freundin umhängt. Geld ist die Achtung anderer Leute, die guten Worte des Predigers bei der Totenmesse für Tante Gladys, das Dach über dem Kopf und das Gefühl, daß man es sich jeden Morgen leisten kann aufzuwachen. «Geld ist das Wichtigste auf der Welt», hat Daddy Rich mir einmal gesagt. «Glaub niemand, der etwas anderes behauptet.»

«He, Mann, was denkst du?» fragte Malcolm und spuckte ein Stück seines Daumennagels aus.

«Was ist das Wichtigste im Leben, Malcolm?» fragte ich ihn.

«Weiber!» sagte er und grinste von einem Ohr zum anderen. «Oder etwa nicht? Ich kann an gar nichts anderes denken als an Weiber. Tag und Nacht.»

«Du bist eben ein schwachsinniger Idiot, Malcolm», sagte ich.

Er lachte glucksend. «Was ist denn für dich wichtig, Mann?»

«Geld», sagte ich.

«Oh, sicher Mann, Geld ist besonders wichtig. Ohne Geld kriegst du keine Weiber.»

Wir redeten nicht viel, während wir auf der Mauer saßen. Es hatte keinen Sinn, mit Malcolm über etwas anderes zu reden als über sein schwachsinniges Lieblingsthema. Ich haßte das. Bis gestern hatte ich eigentlich nur immer daran gedacht, daß ich mal Little June heiraten würde. Damit war es jetzt, nachdem sie uns den Rücken gekehrt hatte und sozusagen abtrünnig geworden war, zu Ende. Im Moment wußte ich nicht, was ich tun sollte. Vielleicht würde ich es doch irgendwann einmal mit Gugu versuchen. Und in der Lexington Street wohnten Zwillingsschwestern, die gut aussahen. Die eine hieß Sarah, und die andere hieß Judy. Ich hatte Judy schon einmal nackt gesehen. Im Schwimmbad unter Wasser, als sie vom Drei-Meter-Brett sprang. Ich tauchte hinterher, nur so zum Spaß, und dann traf mich beinahe der Schlag, als ich sah, daß ihr das Bikinioberteil bis zum Bauch hinuntergerutscht war. Ich habe zwar sofort die Augen zugemacht und bin zum Beckenrand geschwommen, aber als Judy nach einer Weile auftauchte, gab sie mir eine Ohrfeige. Seither denke ich oft an sie.

Es war fast Mittag, als Spider Man zurückkam. Sie hatten ihm was gegeben. Er fror nicht mehr, und als er sich neben Malcolm auf die Mauer setzte, zog er den Pullover aus. Ich staunte, wie mager er geworden war. Wenn er so weitermachte, blies ihm der Wind im kommenden Winter zwischen den Rippen hindurch.

«Sie haben einen der Kolumbianer erwischt, die mit Daddy Rich Geschäfte machen», sagte Spider Man.

Mir wurde schlecht.

«Welchen?»

«Den, den sie Santos nennen.»

«Santos, der Zwerg?» Ich holte tief Luft. «Bist du sicher?»

«Ja. Die Einwanderungsbehörde hat ihn erwischt. Er versuchte, zwei seiner Brüder ins Land zu schmuggeln. Robson meint, daß wahrscheinlich vorläufig nichts zu befürchten ist. Aber es könnte sein, daß man Santos ein Angebot macht.»

«Was für ein Angebot?»

«Daß seine Sippe im Land bleiben kann, wenn er ein paar seiner Geschäftsbeziehungen preisgibt.»

«Das wird er niemals tun», entgegnete ich. «Wenn er die

Leute verpfeift, die mit ihm Geschäfte gemacht haben, lebt er nicht mehr lange. Hast du Daddy Rich schon Bescheid gesagt?»

«Ich komme von ihm.»

«Und?»

Spider Man grinste mich von der Seite an. «Er läßt ausrichten, daß er dich pünktlich um sechs bei Bee Gee's treffen will.»

Darauf sagte ich nichts mehr. Wir hockten nebeneinander im Schatten. Es war nichts los. Niemand spielte Korbball. Nur ein paar kleine Kinder gruben in einem Dreckhaufen herum. Ein Mädchen hockte auf einem verrosteten Dreirad und weinte lauthals.

Plötzlich stieß mich Malcolm an. Drüben auf der anderen Seite des Parks, dort, wo ein paar alte Häuser standen, deren Türen und Fenster mit Brettern vernagelt waren, kam ein Mädchen die Straße hoch. Little June.

Mein Herz setzte aus. Am liebsten hätte ich mich in Luft aufgelöst. Ich hätte auch davonlaufen können. Aber ich blieb sitzen. Ich merkte, wie ich eigentlich froh war, sie wiederzusehen. Es war ein seltsames Gefühl, und es verwirrte mich. Ich hatte nicht damit gerechnet, daß sie schon heute von diesem Trip in die Berge zurückkäme. Und wenn sie hier war, dann mußte auch die Tante vom Sozialamt wieder hier sein. Mein Vormund Esther Frye.

Ich kniff die Augen zusammen und beobachtete, wie Little June stockte, als sie uns auf der Mauer sitzen sah. Für einen Moment sah es aus, als wollte sie sich umdrehen und davongehen.

«Die kommt her, Silkpaw», sagte Malcolm. «Verdammt, wenn du mit der nicht mehr gehen willst, dann sag ihr, daß ich gegenwärtig keine Freundin habe und nichts.»

«Schuppen hast du, Mann», kicherte Spider Man. «Weißt du, daß du der einzige Nigger bist, den ich kenne, der Schuppen hat?»

«Lieber Schuppen als Pickel», sagte Malcolm gehässig.

«Wer hat hier Pickel?» Spider Man blickte mich an. «Der spinnt, Mann. Niemand hat hier Pickel.»

«Halt die Fresse, Spider Man», sagte Malcolm.

Little June kam über den Platz, auf dem der Asphalt große, aufgeplatzte Beulen vom Winterfrost hatte. Sie trug ein leichtes, hellblaues Kleid und flache Schuhe. Als Malcolm neben mir durch die Zähne pfiff, wurde ich wütend.

«Mann, du bist schon ein dämlicher Hund, Malcolm», zischte ich.

Er gluckste. «Ich dachte, du bist fertig mit ihr», sagte er.

«Ich bin fertig mit ihr», sagte ich.

«Was regst du dich dann so auf?»

Little June blieb etwa zehn Schritte entfernt stehen. Ich blickte zwischen meinen Knien hindurch an der Mauer herunter zu Boden. Spider Man war der erste, der den Mund aufmachte.

«Bist du wieder zurück?» fragte er.

Sie gab ihm auf diese dämliche Frage natürlich keine Antwort. Malcolm kratzte sich im Haar. Er hatte tatsächlich Schuppen.

«Jemand hat gesagt, daß du Tante Gladys ausgestreut hast», sagte er. «Irgendwo in den Bergen.»

Little June schwieg. Ich hob den Kopf etwas und blickte schräg zu ihr hinunter. Sie stand noch immer am gleichen Fleck, die Füße leicht nach innen gedreht und den Kopf schief. Sie blickte mich nur an.

«Kann ich mit dir reden, Rick», sagte sie plötzlich.

Ich schnaufte durch die Nase und grinste.

«Natürlich kannst du mit mir reden», sagte ich schleppend.

«Nicht hier», sagte sie.

«Warum nicht?»

«Weil ich gern mit dir allein reden möchte.»

«Tu dir nur keinen Zwang an», grinste Spider Man. «Wir nehmen Geheimnisse mit ins Grab.»

Little June blickte zu Boden und dann wieder auf. Sie war unsicher. Ich kannte dieses Gefühl. Man kriegt es, wenn man nicht davonlaufen kann.

«Red nur, als ob die beiden gar nicht hier wären», sagte ich. Sie preßte für einen Moment die Lippen zusammen. Und ich sah, wie sie ihre Hände zu Fäusten ballte. Sie stand vor uns, und sie begriff, daß ich zugemacht hatte. Ich ließ sie nicht mehr an mich ran, und wenn sie länger geblieben wäre, hätte es für sie noch viel schlimmer werden können. Sie spürte es, und aus lauter Ohnmacht kamen ihr fast die Tränen. Aber sie war hart, und sie konnte einiges einstecken.

«Wir sehen uns irgendwann, Silkpaw», sagte sie, drehte sich um und ging davon.

«He, schau, wie sie die Hüften schwingt», sagte Malcolm neben mir. «Ich mag Weiber, die Röcke tragen.»

Und Spider Man stieß mir die Faust gegen die Schulter.

«Mann, die hat beinahe losgeheult», sagte er. «Wetten, daß sie nie wieder abhaut, ohne vorher was zu sagen. Auf diese Art hält sich Daddy Rich seine Mädchen, Mann.»

«Wenn du mit ihr fertig bist, übernehme ich sie», sagte Malcolm. «Ehrlich. Bei mir wär sie nicht schlecht aufgehoben.»

«Red keinen Quatsch», sagte ich. «Rück lieber 'nen Joint raus.»

Er kramte in seiner Hosentasche herum und brachte einen kümmerlichen Joint zum Vorschein. Er war zu blöd, einen richtigen zu drehen. Und wenn ich mir nur vorstellte, daß er Little June angefaßt hätte, kamen mir die blutrünstigsten Gedanken. Wir rauchten den Joint, und Spider Man sagte, daß Marihuana Kinderkram sei und daß wir uns unbedingt mal Heroin schießen sollten. «Da weißt du erst, wie hoch du fliegen kannst, Mann. Da guckst du auf diese Welt runter, und sie sieht nicht anders aus als eine blinde Murmel.»

Wir ließen ihn reden. Er war längst hinüber, und manchmal schien es mir, als wüßte er es sogar selbst.

Ich hatte nicht die geringste Lust, eine Katze zu töten. Ich mag nämlich Katzen, und zwar nicht nur wegen Kim. Man weiß nie genau, woran man mit ihnen ist, selbst wenn sie schnurren und den Schwanz steil aufstellen.

Daddy Rich hatte Verspätung. Ich saß bei Bee Gee's und wartete auf ihn. Irgendein Typ, der irgendwelche heiße Ware hatte, quatschte mich an, weil er wußte, daß ich ab und zu um solche Güter würfelte, die sich leicht absetzen ließen und großen Profit versprachen. Uhren aus der Schweiz, zum Beispiel. Jeder Zuhälter, der was auf sich hielt, trug eine Rolex. Daddy Rich hatte sogar einen «swiss-made»-Wecker. Ich sagte dem Typ, daß ich nicht an seinen Ladenhütern interessiert sei, und er zog beleidigt ab.

Dann kam Iron Claw, das Haar auf einer Seite über dem Ohr frisch rasiert. Er sah belämmert aus, aber ich sagte ihm, dass ihm diese neue Frisur unheimlich gut stehen würde. Er spendierte mir ein Zitroneneis und wollte sich zu mir setzen, aber ich gab ihm zu verstehen, daß ich gern allein sein wollte.

Kurz nachdem er gegangen war, tauchten Gugu und Little

June auf. Gugu hatte sich bei Little June eingehakt, und sie lachten und hüpften umher wie zwei blöde Ziegen, und Little June hatte ihre Lippen mit dem gleichen feuerroten Zeug verschmiert wie Gugu. Außerdem hatte sie sich eine Bluse angezogen, durch die man beinahe ungehindert hindurchschauen konnte, und sie schwang ihre Hüften und zuckte die nackten Schultern, als wäre sie schon lange im Geschäft. Ich kochte innerlich, ließ mir aber nichts anmerken. Und Little June tat, als wäre ich überhaupt nicht vorhanden. Ich hätte ihr glatt eine Ohrfeige verpassen können.

Sie kaufte Eis am Stiel, lutschte vor den stieräugigen Typen daran herum und lachte über die blödesten Bemerkungen. Es war zum Kotzen. Aber was konnte ich tun? Nichts.

Gugu kam schließlich zu mir herüber und sagte, daß sie die ganze letzte Nacht von mir geträumt hätte, was natürlich Blödsinn war, weil sie nachts meistens für Daddy Rich anschaffte und nicht zum Träumen kam.

«Weiß Daddy Rich, daß du dich mit ihr zusammengetan hast?» fragte ich sie.

Sie lachte. «Ich tu fast nichts, ohne daß er es weiß, Silkpaw. Fast nichts.» Sie machte einen unerhörten Augenaufschlag und hüpfte davon. Beim Tresen flüsterte sie Little June etwas ins Ohr, und Little June gackerte, und dann gingen sie hinaus auf die Straße. Ich mußte mich zwingen, sitzen zu bleiben. Zum Glück tauchte kurz darauf Daddy Rich auf.

«Hast du gehört, was passiert ist, Mann?» fragte er sofort.

«Man hat Santos geschnappt. Spider Man hat es mir gesagt.»

«Dem könnten sie die Fingernägel ausreißen, ohne daß er auch nur einen Ton von sich gibt, aber wenn die Einwanderungsbehörde damit droht, seine Sippe zu deportieren, dann pfeift er ganz bestimmt.»

«Vielleicht nicht.»

«Ganz bestimmt. Der hat kleine Kinder hier. Verdammt, irgendwer muß ihn ans Messer geliefert haben.»

Ich hatte Daddy Rich schon lange nicht mehr so aufgeregt gesehen. Ich dachte schon, der hat vergessen, was wir eigentlich geplant hatten, aber das war ein Irrtum. Er wollte DeNevi ein für allemal los sein und ihn mitsamt seiner Karre in die Luft sprengen. Und da er nicht viel von Iron Claw hielt, hatte er sich am Nachmittag mit einem ehemaligen Cop aus der Bronx getroffen, der ein Experte für Bomben war.

«Wir fahren sofort hin», sagte er. «Die Sache kann nicht aufgeschoben werden. Wenn dieser DeNevi 'ne Chance kriegt, hängt er uns wie 'ne gottverdammte Klette im Fell, Mann. Früher oder später findet er heraus, wer Magruder umgelegt hat.»

«Er hat nichts», sagte ich. «Nicht einmal Anhaltspunkte.»

«Er hat die gottverdammte Vermutung, daß ich es gewesen bin. Und das genügt, Mann. Einer, der davon überzeugt ist, daß ich es gewesen bin, braucht keine Anhaltspunkte. Der braucht nur eine günstige Gelegenheit, um mich hochgehen zu lassen. Egal wie. Entweder er schießt mich selbst ab, oder er überläßt einigen seiner ehemaligen Cop-Freunde die Drecksarbeit.»

Ich mußte zugeben, daß an seinen Befürchtungen einiges dran war. DeNevi lag auf der Lauer. Und er war ein geduldiger Mensch. Wahrscheinlich wartete er nur darauf, daß Daddy Rich einen Fehler machte.

«Je länger wir zulassen, daß er sich in unserem Revier herumtreibt, desto größer wird seine Chance, Mann. Und was ist, wenn er sogar herausfindet, wer ihm die gottverdammte Hand weggeschossen hat?» Daddy Rich lachte auf.

«Mann, in dem seiner Haut möchte ich nicht stecken, wenn DeNevi das herausfindet.»

«Niemand außer dir weiß, wer ihm die Hand weggeschossen hat», sagte ich.

Er grinste. «Ich war's nicht, Mann. Und deshalb brauche ich mir deswegen keine Sorgen zu machen.»

Ich nickte. Er war es nicht gewesen. Daß er Magruder umgebracht hatte, war sicher. Zugegeben hatte er es zwar nie, und da ich damals nicht dabei war, wußte ich nicht, wer die tödlichen Schüsse abgefeuert hatte. Ich wußte nur, daß der Cop, der Magruder zu Hilfe kommen wollte, von einem Schuss getroffen wurde, als Magruder schon tot oder sterbend auf dem kalten Asphalt lag.

Wer immer auf DeNevi gefeuert hatte, die Kugel mußte seine Hand übel zugerichtet haben, sonst hätte man sie ihm wahrscheinlich nicht amputiert, und er wäre weiterhin ein Cop geblieben und hätte seine Wochenenden in den Bergen verbracht, um eine alte Kanone aus dem Unabhängigkeitskrieg auszugraben.

Jetzt war er ein Krüppel, der seinen Dienst quittiert hatte, damit er sich auf seine Art rächen konnte. Ich zweifelte keinen Moment daran, daß DeNevi den Typ umgebracht hätte, dem er sein Krüppeldasein verdankte.

«He, du gehst doch mit mir einig, daß er weg muß?» hörte ich Daddy Rich fragen. Ich blickte auf.

«Ja. Natürlich. Warum?»

«Hm, du siehst plötzlich krank aus, Kleiner. Wie wenn dir in deiner Haut nicht wohl wäre.»

Ich versuchte ein Grinsen.

«Mir ist perfekt wohl in meiner Haut», entgegnete ich. «Ich habe nur darüber nachgedacht, wie wir ihn erledigen könnten, ohne daß es einen großen Zirkus gibt.»

Er hob die Brauen. «Hast du vielleicht daran gedacht, ihn selbst umzubringen?»

«Nein. Nicht ich. Aber irgendeiner, der was davon versteht.»

«Daran habe ich auch schon gedacht.»

«Und?»

«Wie du selbst weißt, handelt es sich bei DeNevi nicht um irgendeinen Typen, den man im Halbschlaf um die Ecke bringen könnte. DeNevi muß ziemlich von sich überzeugt sein, sonst hätte er es nicht gewagt, sich hier einzunisten. Und ich bin nicht bereit, ihn zu unterschätzen, Kleiner. Deshalb halte ich es für besser, wenn wir mit der Sache überhaupt nichts zu tun haben.»

«Du meinst, wir geben dem Mann aus der Bronx den Auftrag, die Arbeit für uns zu erledigen?»

«Jetzt hat's geklickt, Kleiner.» Daddy Rich lächelte mir aufmunternd zu. «Niemand wird uns mit einem Bombenanschlag in Verbindung bringen. Das ist nicht unsere Art, verstehst du. Du hast keine Ahnung von Bomben, oder? Und ich habe auch keine Ahnung von Bomben. Eines Morgens, wenn DeNevi das Haus verläßt, ist sein Dodge präpariert. Und wenn er den Zündschlüssel dreht, fliegt das Ding in die Luft. So einfach ist das. Keine Spuren. Nichts. DeNevi ist weg vom Fenster, und Corbin weiß endgültig, daß er besser die Finger von uns läßt und Magruder vergißt.»

«Wann treffen wir den Bombenspezialisten?» fragte ich.

«Heute. Jetzt. Sofort. Hast du Kröten dabei?»

«Nicht viel. Vielleicht dreihundert Bucks.»

«Das reicht nicht einmal für 'ne Anzahlung, Kleiner. Aber ich übernehme das, verstehst du. Es ist eine Investition, die sich schnell bezahlt macht. Klar?»

«Das mußt du wissen.»

«He, du scheinst nicht gerade aufgeräumt, Kleiner. Was ist, hast du Skrupel gekriegt, seit du DeNevi kennst?»

Ich gab ihm darauf keine Antwort. Irgend etwas stimmte nicht mehr ganz mit mir. Bestimmt hatte es mit DeNevi zu tun. Mit Tante Gladys und Esther Frye. Und mit Little June. Alles, was in den letzten Tagen passiert war, beschäftigte mich, und ich konnte nichts dagegen tun. Ich hatte angefangen, über Dinge nachzudenken, die ich vorher nicht einmal wahrgenommen hatte. Die Gedanken kamen, auch wenn ich versuchte, sie von mir wegzuhalten. Es war nicht gut für mich. Es machte mich nervös, und das konnte ich mir nicht leisten. Nervös zu sein, meine ich. So was kann leicht ins Auge gehen.

Wir verließen Bee Gee's zusammen. Daddy Rich hatte den Cadi weiter unten auf der anderen Straßenseite geparkt. Es war inzwischen einiges los am «Strand», und die Luft roch nach Reefer. Als wir uns dem Cadi näherten, entdeckte ich DeNevi. Er stand in einer Häuserlücke, seine Jacke über dem Arm. Er trug ein Turnleibchen und eine schwarze Hose und seine italienischen Schuhe. In seinem Mundwinkel hing eine Zigarette.

Ich verhielt den Schritt, und Daddy Rich blieb sofort stehen. Aus den Augenwinkeln sah ich, daß seine rechte Hand unter das weiße Anzugsjackett glitt, wo er in einem Schulterfutteral seine Knarre trug.

«Ist er das?» fragte er leise. «Mann, der sieht aus wie 'ne Ratte. Als ob er aus einem Kanalschacht gekrochen wäre.» DeNevi sah uns dastehen. Er hatte ein merkwürdiges Grinsen in seinem unrasierten Gesicht. Mir wurde ganz schlecht, und ich hatte das Gefühl, als hätte ich plötzlich weiche Knie.

«Komm, der soll nicht meinen, daß er uns aus der Fassung bringen kann», sagte Daddy Rich neben mir. Er stieß mich leicht an, und wir gingen zum Cadi. Ich blickte nicht mehr zu DeNevi hinüber, aber ich spürte, daß er da war. Daddy Rich stieg ein und machte auf meiner Seite die Tür auf. Ich merkte plötzlich, wie Wut in mir aufkam. Ich drehte mich kurz um. DeNevi stand noch immer in der Häuserlücke. Ich spuckte aus, stieg ein und machte die Tür zu. Daddy Rich fuhr aus der Parklücke hinaus und den «Strand» hinunter. «Dieser verdammte Scheißkerl ist eine Ratte», sagte er plötzlich. Und seine Stimme zitterte ein bißchen.

Wir fuhren quer durch Manhattan. In der Nähe des Central Park rief Daddy Rich von einer Telefonzelle aus die Nummer an, die ihm der ehemalige Cop aus der Bronx gegeben hatte. Ein Mittelsmann meldete sich und gab ihm eine Adresse in der 135. Straße, nicht weit vom Harlem-Krankenhaus entfernt.

Es war noch Tag, als wir den Cadi in einer Tiefgarage abstellten. Wir kauften an einem Stand im Central Park jeder einen Riesenbehälter mit butterübergossenem Popcorn und eine Dose Pepsi. Dann hockten wir uns auf eine Parkbank und ließen uns von einem alt gewordenen Hippie unterhalten, der auf seiner verwitterten Gitarre Bob Dylan spielte. Wir aßen Popcorn, und die Butter lief mir an den Fingern herunter. Auf einer Wiese jagte ein Hund hinter einem Frisbie her, und ein Mädchen übte Ballett-Tanz. Ein Jogger humpelte vorbei.

Wir schauten all den Leuten zu, und Daddy Rich behauptete, daß die meisten ein ziemlich langweiliges Leben hätten, wenn ihnen am Abend nichts anderes einfiel, als durch den Central Park zu humpeln, auf den Zehen zu tanzen oder einem alten Hippie zuzuhören. Mir war es ziemlich egal, was er davon hielt. Mein Pepsi begann warm zu werden und schal zu schmecken. Wahrscheinlich hatte Daddy Rich nicht unrecht. Bei uns im Revier war die Hölle los. Dort war Zirkus. Dort passierte jede Minute etwas.

Und hier? Hier sah es aus, als wüßten die Leute nicht recht, wie sie die Zeit totschlagen sollten. Aber es war friedlich. Und es gab Bäume und Vögel. Und man konnte den Abendhimmel sehen, der hatte eine Farbe wie ein unreifer Apfel. Durch das Blattwerk der Bäume hindurch glitzerten die Fensterscheiben eines Wolkenkratzers, als wären sie aus purem Gold. Und die Nachtschatten krochen an den riesigen Fassaden hoch. Die Autos fuhren jetzt mit Licht.

Wir verließen den Park und nahmen ein Taxi, das uns nach Harlem brachte. Ziemlich armselige Gegend. Ghetto. Die Häuser sahen schmutzig aus, halb zerfallen. Auf den Gehsteigen trieben sich zerlumpte Schwarze herum, viele halbnackt und verschwitzt in der schwülen Abendhitze. Entlang den Straßen waren Hunderte von Autowracks aufgereiht. An einigen wurde gearbeitet. Von überallher dröhnte Musik.

Ein Taxifahrer brachte uns in die 135. Straße. Wenn die Straße, in der ich wohne, einmal so aussieht, will ich dort nicht mehr sein, dachte ich. Es war eine furchtbar finstere und dreckige Gegend.

Das Taxi hielt vor einem kleinen Laden, in dem Elektrogeräte, Radios und Fernseher verkauft wurden. Vor dem Laden hockten ein paar Schwarze und spielten Karten. Das kleine Schaufenster war mit verstaubtem Zeug vollgestopft. Eine flackernde RCA-Leuchtreklame hing über dem Eingang. Die Tür war offen.

Daddy Rich bezahlte den Taxifahrer, wies ihn aber an, auf uns zu warten. Der Taxifahrer angelte einen Colt-Revolver aus dem Handschuhfach und legte ihn griffbereit neben sich

auf den Sitz. Dann drehte er das Radio an, steckte eine
Zigarette zwischen seine wulstigen Lippen und sagte, daß
er nicht länger bliebe, als bis es dunkel würde.

Ich hatte zum Glück meine Automatic eingesteckt. Unterm
Hemd im Hosenbund. Trotzdem spürte ich, wie mir der
Schweiß ausbrach.

Daddy Rich betrat den Laden zuerst. Ein altes Männchen,
schwarz wie Kohle und mit silbergrauem Haar, stand hinter
einem Ladentisch, auf dem sich allerlei Gerümpel türmte. Er
blickte uns über den Rand seiner Brille hinweg forschend an.

«Was kann ich für euch tun, Jungs?» fragte er mit einer
zerknitterten Stimme, die genau zu seinem Kartoffelgesicht
paßte.

«Hartmann hier?» fragte Daddy Rich mit etwas belegter
Stimme. Ich war sicher, daß er selbst auch ziemlich Herz-
klopfen hatte.

Das Männchen blinzelte.

«Wer fragt nach Hartmann?»

«Daddy Rich», sagte Daddy Rich.

«Bist du das?»

«Ja. Wer denn sonst, Alter?»

Das Männchen blickte mich an. Das hagere Gesicht verzog
sich zu einem Grinsen. Tausend Falten wurden sichtbar.

«Bist du schon trocken hinter den Ohren?» fragte er.

«Darauf kannst du dich verlassen, Großvater», gab ich hart
zurück. Er schüttelte den Kopf, drehte sich um und schlurf-
te davon. Er verschwand hinter einem Vorhang. Eine Tür
knarrte. Stimmen drangen durch die Wand. Daddy Rich und
ich blickten uns an. Daddy Rich hob die Schultern.

«Das geht schon alles in Ordnung, Mann», sagte er.

Ich sagte lieber nichts.

Das Männchen kam zurück und bedeutete uns mit einer

Handbewegung, ihm zu folgen. Hinter einem dicken, nacht-blauen Samtvorhang befand sich tatsächlich ein schmaler Durchgang, der in ein Hinterzimmer führte. Ich roch den süßlichen Geruch von bestem Reefer sofort. Im Raum brannte über einem grün bezogenen Tisch eine kleine Lampe. Auf einem dicken Polstersofa lag ein halbnacktes Weib, blaß, fett, fahlblond und gelangweilt. Das Weib rauchte eine Zigarette. Wahrscheinlich gehörte sie dem einen der drei Typen, die am Tisch saßen. Es war nur ein Schwarzer dabei, aber so wie er aussah, konnte er in mir keine verwandt-schaftlichen Gefühle erwecken. Er sah windig aus, durch-trieben und irgendwie schmierig. Wahrscheinlich machte er Bücklinge, wenn es ihm was einbrachte. Und wahrscheinlich hatte er keine Freunde. Das Weib gehörte bestimmt ihm. Typen wie er hielten sich solche Weiber.

Die anderen beiden waren Weiße. Einer von ihnen trug einen Hut, und die breiten Hosenträger zerknitterten ein weißes Hemd mit schmalen, blaugrauen Längsstreifen. Das Wichtigste an ihm war das Schulterhalfter mit der Kanone. Elfenbeingriffe an einem Ruger-Super-Black-Hawk. Ma-gnum. Damit konnte man Bäume fällen.

Der andere war ein Italiener. Er hatte ein fleischiges Gesicht, buschige Augenbrauen und einen kleinen Mund. Am Kinn hatte er eine kleine, helle Narbe.

Alle drei musterten uns, als kämen wir vom Mond oder sonstwoher. Der Schwarze grinste ziemlich überheblich. Wahrscheinlich dachte er, daß nur die Schwarzen in Harlem was taugen. Und vielleicht noch in der Südbronx. Wahr-scheinlich wußte er gar nicht, daß bei uns im Bedford Stuyvesant Bezirk allein im letzten Jahr 86 Leute erschossen, erstochen, erwürgt oder erschlagen wurden. Sechsundacht-zig. Wir hatten immerhin die höchste Mordrate von ganz

New York. Und da grinste dieser Schleimscheißer, als wären
wir erst gestern geboren worden.

Es herrschte Stille. Lange Zeit betrachteten wir uns gegenseitig. Dann hüstelte das Weib auf dem Sofa.

«Nett», sagte sie. «Der Kleine ist nett, Luke.»

Das Grinsen fiel aus dem Gesicht des Schwarzen. «Halt die
Fresse, verdammt», sagte er.

Der mit dem Magnum-Revolver im Schulterhalfter lächelte
ein bißchen. Dabei wurden seine Rattenzähne sichtbar. Er
hatte richtige spitze Rattenzähne.

«Hartmann», sagte er durch die Nase. «Das bin ich. Rusty
Hartmann. Ich habe mit dir telefoniert, Mann. Das ist der
Boss.» Er deutete auf den Italiener.

Das Weib kicherte, sagte aber nichts.

Der Italiener lehnte sich im Stuhl zurück. Das Licht der
Lampe traf ihn voll. Er hatte eine großporige Haut, und aus
seiner Nase wuchsen schwarze Haare.

«Hartmann sagt, daß ihr ein lohnendes Geschäft habt»,
sagte er. «Er sagt auch, daß ihr gut bezahlt. Jesus Christus,
er hätte mir besser gesagt, daß es sich um einen Kindergarten handelt.» Er lachte breit und laut, und der Schwarze
lachte mit ihm. Nur der mit dem Magnum-Revolver lachte
nicht. Er lächelte nicht einmal mehr. Seine blauen Augen
waren eiskalt. Und er hatte überhaupt keinen Ausdruck
mehr in seinem hageren Gesicht.

«Ich glaube nicht, daß ich mit einem Kindergarten Geschäfte machen will», sagte der Italiener. «Ich will nicht, daß mir
die Jugendfürsorge auf die Pelle rückt.»

«Und uns hätte Hartmann vielleicht sagen sollen, daß wir
es mit Korinthenkackern zu tun haben werden», entgegnete
Daddy Rich kalt, griff in die Außentasche seines Anzuges
und stockte mitten in der Bewegung. Hartmann hatte plötz-

lich den Magnum-Revolver auf ihn gerichtet. Ein scharfes metallisches Klicken ertönte. Hartmann hatte seine Rattenzähne gebleckt und den Hammer des Revolvers gespannt.

«Sei vorsichtig, Mann», warnte er so leise, daß ich ihn kaum verstehen konnte. «Wenn ich dieses Ding abdrücke, fliegst du in Fetzen gegen die Wand, und Luke muß hier nachher die ganze Schweinerei auskehren.»

«Sei vorsichtig, verdammt», sagte der Schwarze.

«Ach red keinen Quatsch», sagte der Italiener. Er beugte sich vor und blickte Daddy Rich neugierig an.

«Was hast du an Kröten mitgebracht, Mann?»

«Achthundert Bucks», sagte Daddy Rich mit ruhiger Stimme.

Ich bewunderte ihn in diesem Moment. Während mir das Herz bis in den Hals hinein klopfte, ließ er sich nicht im geringsten aus der Fassung bringen.

Die Augen des Italieners wurden gierig.

«Zeig her», sagte er.

«Vorher soll dieser Revolverschwinger die Knarre einstekken.»

«Steck die Kanone ein!» befahl der Italiener.

«Nimm erst die Hand raus!»

Daddy Rich zog die Hand aus der Tasche und brachte einen Briefumschlag zum Vorschein, der ziemlich dick war. «Alles Zwanziger», sagte er. «Hier.» Er warf den Umschlag auf den grünbezogenen Tisch und verschränkte die Arme über der Brust. Der Magnum-Revolver klickte und verschwand im nächsten Moment im Schulterhalfter. Das fette Weib zündete sich eine neue Zigarette an. Ich merkte, daß sie mich nicht aus ihren Schweinsäuglein ließ. Sie machte mich nervös.

Der Italiener hatte die Geldscheine aus dem Umschlag genommen und gezählt. Als er aufblickte, hatte er noch immer Dollarzeichen in seinen Augen. Ich wußte, daß er alles für uns erledigen würde. Alles zu *seinem* Preis natürlich.

«Hartmann sagt, daß jemand in seinem Pick-Up in die Luft fliegen soll», sagte er. «Wer ist der Mann?»

«Ein ehemaliger Cop.»

«Wer?»

«Paul DeNevi. Vom 77. Revier.»

«Paul DeNevi?» Er hörte dem Namen nach. Dann hob er die Schultern. «Wo wohnt er?»

«Siebenundzwanzigfünfzig Halsey Street. Das ist in Brooklyn.»

«Bed-Stuy», sagte Hartmann. «Übles Revier. Fast nur Nigger. Ist DeNevi ein Nigger?»

Der Italiener lachte. «Einer, der DeNevi heißt, kann kein Nigger sein», sagte er.

«Ich kenne einen, der Tony Lugosi heißt und ein Schwarzer ist», sagte ich grinsend. Die Dicke fiel fast vom Sofa, und der Italiener lachte, bis ihm die Tränen kamen. Ich wußte nicht, was daran so lustig sein sollte. Und Luke bohrte in seinem rechten Ohr, als hätte er schlecht gehört. Daddy Rich und ich wechselten einen schnellen Blick. Diese Kacker hatten offenbar einen ziemlich verschrobenen Humor.

«Junge, du bist gut», sagte der Italiener. «Wie heißt du?»

«Kein Name», sagte ich spöttisch. «Ich will alt werden.»

«Blödsinn», sagte er. «Wir sind Freunde, nicht wahr? Geschäftspartner. Wir müssen uns gegenseitig vertrauen.»

«Dann sag mir erst deinen Namen.»

«He, du bist nicht auf den Kopf gefallen, Junge. Das gefällt mir.»

«Mir gefällt das auch», sagte das dicke Weib vom Sofa her.

«Halt die Fresse, Liebling», sagte Luke.

«Ich bin Frank Capelli», stellte sich der Italiener vor. «Man nennt mich Capo. Capo Capelli. Und meine Partner hier sind Rusty Hartmann und Luke Devlin. Devlin hat den Laden hier, und wenn ihr mal Ware habt, könnt ihr euch an ihn wenden. Er ist seit Jahren erfolgreich im Geschäft.»

Daddy Rich holte tief Luft. «Der Kleine ist Silkpaw», sagte er.

«Silkpaw?» Die Dicke richtete sich auf, und ihr Busen schwappte beinahe über.

«Wie alt bist du, Silkpaw?»

«Alt genug», sagte ich anzüglich.

Der Italiener brach erneut in schallendes Gelächter aus. «Jesus Christus, hast du das gehört, Rusty? Der Kleine ist alt genug. Wetten, daß das sogar stimmt. Nimm dich in acht, Luke, sonst läuft dein Goldhamster mit dem Jungen davon.»

«Wir sollten uns besser ums Geschäft kümmern», sagte der Schwarze. «Achthundert Bucks. Das reicht nicht.»

«Stimmt», bestätigte der Italiener.

«Wieviel?» fragte Daddy Rich.

«Doppelt soviel.»

«Sechzehnhundert Dollar?» fragte Daddy Rich ungläubig. «Für einen Mann!»

«Er ist immerhin ein ehemaliger Cop.»

«Du hast uns immer noch nicht gesagt, ob er ein Schwarzer ist», wandte Luke ein.

«Wenn's ein Schwarzer wäre, würde ich die Sache selbst erledigen», sagte Daddy Rich kalt. «Wer in unserem Revier einen Schwarzen umlegt, hat nicht viel zu befürchten.»

«Sechzehnhundert ist mein Preis, Freund. Keinen Cent weniger. Du kriegst dafür die Garantie: Diskretion und Wirkung. Hundertprozentige Zufriedenheit der Kunden. Das ist unser Geschäftsprinzip. Bis jetzt haben wir noch keine Beanstandungen gehabt, nicht wahr, Rusty?»

«Stimmt», sagte der Mann mit den Rattenzähnen.

«Wir haben keine sechzehnhundert Dollar flüssig», entgegnete Daddy Rich fest. «Tausend. Das ist mein Angebot. Tausend sofort. Keine Anzahlung. Nichts. Keine Quittung. Ich vertraue dir, Capelli. Und falls was schiefgeht, wende ich mich an dich. Klar?»

«Hast du noch vierhundert?» fragte Capelli mißtrauisch.

«In meiner Brieftasche.» Daddy Rich grinste. «Vertrau mir, Capelli.»

«Gut. Dann gib mir tausend als Anzahlung und sechshundert, wenn die Sache gelaufen ist.»

«Tausend», sagte Daddy Rich. «Mehr ist nicht drin.»

Capelli schüttelte den Kopf. «Tausend für einen perfekten Mord. Mein Freund, such dir einen Straßenganoven dafür. Ich bin Capo Capelli, verstehst du. Ich habe eine Familie zu ernähren. Ich arbeite nicht für Trinkgelder.»

«Wie wär's mit einem Spiel?» schlug ich vor. «Wir spielen um die zweite Hälfte. Um achthundert Bucks.»

Sobald ich das Wort Spiel raushatte, begannen Capellis Augen zu glitzern. Und auch Luke wurde wachsam. Nur Rustys Gesicht blieb unbewegt. Wahrscheinlich hätte er uns gern erschossen.

«Junge, das kann ins Auge für euch gehen», sagte er. «Was ist, wenn ihr achthundert Bucks verliert? Dann läuft nichts mehr. Kein Geld, kein Geschäft.»

«Ich verlier nicht», sagte ich. «Man nennt mich Silkpaw, den Spieler.»

Das fette Weib kam herüber, an Luke vorbei und hinter dem Tisch herum. Als sie sich an mir vorbeischob, streifte mich ihr Busen. Rusty lachte. «Sie verführt den Jungen, Luke», sagte er. Luke winkte ab. «Die verführt so leicht niemand mehr», sagte er, und damit hatte er wahrscheinlich recht.

«Was meinst du, Daddy Rich?» fragte Capo Capelli. «Willst du deine Kröten riskieren?»

Daddy Rich hob die Schulter.

«Warum nicht», sagte er. «Der Kleine ist gut.»

«Würfel», sagte ich.

Capelli schüttelte den Kopf.

«Kommt nicht in Frage, Silkpaw.»

«Was dann?»

«Poker.»

«Gewöhnlich?»

«Ja. Gewöhnlich. Ohne Limit.» Capelli belauerte mich. «Was ist? Hast du was drauf, Junge?»

«Wer spielt? Nur du und ich?»

«Und Luke und dein Freund.»

«Ich spiele nicht», sagte Daddy Rich. «Wenn Rusty nicht spielt, spiele ich auch nicht.» Er grinste. «Laß die Dame mitspielen, Capelli.»

«Okay, mein Freund. Okay. Marilyn, setz dich zu uns.»

Sie hieß tatsächlich Marilyn. Wie diese alte Sexbombe aus Hollywood. Ich setzte mich auf den freien Stuhl, und sie ließ sich links von mir am Tisch nieder. Sofort fing sie an, mit dem nackten Fuß in meinem Hosenbein zu wühlen. Luke hockte rechts von mir. Von irgendwoher unter dem Tisch zauberte er Chips und ein Kartenspiel hervor, das verpackt und versiegelt war. Er riß den Siegelstreifen auf, entfernte das Papier und zeigte uns den Stoß brandneuer, glänzender Karten. Dann mischte er sie mit geübten Fingern, ließ jeden eine Karte wählen.

«Die höchste Karte verteilt», sagte er. Seine Stimme klang jetzt ziemlich rauh. Er war wild auf das Spiel.

Das fette Weib hatte Kreuz-As. Sie lächelte schmierig und nahm Luke den Kartenstoß aus der Hand. Sie mischte langsam und teilte ebenso langsam aus. Der Reihe nach immer eine Karte, bis jeder von uns fünf Karten vor sich liegen hatte. Keiner berührte sie, bis sie fertig war und den Stoß auf den Tisch legte. Erst jetzt hob jeder seine Karten auf, eine nach der anderen. Plötzlich war es so still im Raum, daß man die Geräusche von der Straße hören konnte. Lachende Stimmen. Die Pointer Sisters aus dem Radio. Rusty und Daddy Rich standen im Halbdunkel des Raumes. Der Lampenschein traf fast nur den Tisch und die anderen Spieler. Ich wußte, daß Daddy Rich die Hand an seiner Knarre hatte. Falls Capelli verlor, konnte es hier leicht zu einem Feuerwerk kommen. Ich war mir nicht mehr ganz sicher, ob die Idee mit dem Spiel tatsächlich eine gute Idee gewesen war, und als ich die fünf Karten sah, die mir das fette Weib gegeben hatte, wäre ich am liebsten unter dem Tisch verschwunden, obwohl mir dort von Marilyns großer Zehe Gefahr drohte.

Ich hatte einen Sechser, einen Zehner, einen Buben, eine Dame und ein As. Zur Eröffnung legte ich einen 20-Dollar-Chip in die Tischmitte. Luke tat es mir nach, dann Capelli und schließlich Marilyn. Ich legte Sechser und As ab und kaufte zwei Karten. Die Chancen waren eigentlich schlecht, und ich hatte nicht die Absicht, lange mitzugehen. Ich erhielt Herzdame und Karodame. Unglaublich. Drei Damen. Ich setzte noch einen Zwanziger. Luke machte mit. Capelli stieg aus. Marilyn stieß mir ihre große Zehe in die Wade und legte drei Zwanziger-Chips hinzu. Ich stieg aus. Luke glich aus, erhöhte um zehn. Sie glich aus und wollte sehen. Luke hatte zwei Paare, und sie hatte ein Paar. Wenn ich mitgegangen wäre, hätte ich gewonnen.

«Und damit treibst du den verdammten Pot hoch», sagte Luke verständnislos. «Mit einem lausigen Paar Neuner.» Sie kicherte nur.

Capelli bot uns allen ein Bonbon an. Er hatte Eukalyptus-bonbons in der Tasche. Hartmann kam zum Tisch, und Capelli gab ihm ein Bonbon. Alle anderen verzichteten.

Wir spielten einige Runden. Capelli gewann. Nicht viel, aber er freute sich über die Glückssträhne. Dann war es wieder an mir, auszuteilen. Ich kriegte auf Anhieb drei Asse. Ohne zu mogeln. Dazu hatte ich den Spatenzehner und den Karo-buben. Ich hätte beide weglegen können, entschied mich aber, den Zehner zu behalten. Und siehe da, ich kriegte den Herzzehner dazu. Mit mogeln. Niemand merkte etwas. Ich habe unheimlich schnelle Finger. Full House. Marilyn stieg nach der ersten Runde aus. Luke blieb drin, und Capelli schwitzte plötzlich. Er erhöhte um dreihundert Dollar. Er versuchte ruhig zu bleiben. Ich beobachtete ihn unter den Lidern hervor. Er bluffte. Ich war absolut sicher, daß er nichts in der Hand hatte. Ein Paar, vielleicht. In seinem Gesicht hatte sich nicht viel verändert. Ich hätte nicht einmal sagen können, warum ich wußte, daß er bluffte. Er blickte mich so herausfordernd an, als hätte er zumindest einen Flush. Ich glich aus und erhöhte um zwanzig. Luke glich aus und wollte sehen. Aber Capelli erhöhte erneut. Nur um zwanzig. So, als wäre er sich plötzlich seines Blattes nicht ganz sicher. Es war ein Bluff, sonst nichts. Ich grinste flach, glich aus und legte zweihundert hinzu. Luke stieg aus und lehnte sich zurück. Capelli studierte sein Blatt. Es herrschte Totenstille im Raum. Dann schmunzelte er.

«Warum nicht, Freund», sagte er und schob Chips für dreihundert Dollar zur Tischmitte. «Das würde fast reichen, nicht wahr?»

«Fast», sagte ich. Der Pot war tatsächlich über sechshundert Dollar wert. Ich glich aus und erhöhte um fünfzig. Jetzt merkte er, daß ich was hatte. Ich sah es seinen Augen an. Er holte Luft. «Wir können weitermachen», sagte er. «Immer weiter.»

«So weit du willst, Capelli», sagte ich.

«Bis dir das Geld ausgeht, mein Freund.» Er legte fünfzig hinzu und erhöhte um zweihundert. Vielleicht dachte er, ich würde aufgeben. Vielleicht überschätzte er sich. Er war ein mittelmäßiger Spieler. Ich glich aus und erhöhte um hundert. Ich wollte ihn nicht schröpfen. Immerhin waren wir in seinem Revier.

Das fette Weib leckte ihre dicken roten Lippen. Niemand sagte etwas. Capelli glich aus und erhöhte um hundert. Er grinste herüber. Ich grinste zurück und glich aus.

«Sehen», sagte ich.

Er zögerte. Dann legte er zwei Könige auf den Tisch und drei Damen. Ich war überrascht. Anscheinend war er doch besser, als ich gedacht hatte. «Full House», sagte er.

Ich legte zuerst meine zwei Zehner hin. Er lachte und wollte nach dem Pot greifen. Da zeigte ich ihm beinahe verschämt die drei Asse. Das verschlug ihm den Atem. Das fette Weib kicherte. Luke stieß den Atem durch die Nase aus, und ich griff ganz langsam unters Hemd, bis meine Finger den Griff der Automatic berührten. Man kann nie vorsichtig genug sein.

Sekunden verstrichen. Dann zog Capelli seine Hand zurück. «Herzlichen Glückwunsch, mein Freund», lachte er.

Ich wollte mich schon bedanken, als ich im Halbdunkel eine Bewegung wahrnahm. Im nächsten Moment hörte ich Daddy Richs Stimme.

«Laß die Finger vom Eisen, Hartmann!» zischte er.

Ich sprang auf und zog dabei die Automatic. Luke hockte wie erstarrt auf seinem Stuhl. Capelli hob beide Hände. «Jesus Christus, was soll denn das!» rief er aus. «Rusty, sei bitte kein Idiot. Der Junge ist ein Spieler, und er hat gut gespielt. Alles ist in Ordnung, heilige Maria, Mutter Gottes.»

«Alles in Ordnung», kicherte das fette Weib. Sie schaufelte mit ihren dicken Fingern in den Plastikchips. «Das sind tausend Bucks oder mehr», sagte sie.

«Wir haben um achthundert Dollar gespielt», sagte ich. «Das ist alles.»

«Erledigt», sagte Capelli. «Das ist erledigt.» Er stand auf und streckte mir die Hand hin. «Du bist gut, Junge. Wenn du mal keine Lust mehr hast, um Erdnüßchen zu spielen, melde dich bei mir! Denk daran. Bei mir kriegst du jede Chance. Ich bring dich in der Gesellschaft unter, verstehst du? Manhattan. Wo das Leben ist.»

Ich gab ihm die Hand. Seine war feucht. Aber er meinte es ehrlich. Und ich dachte, daß es nur von Vorteil sein konnte, wenn ich bei Capelli sozusagen einen Stein im Brett hatte. Nachdem wir uns die Hände geschüttelt hatten, schickte Luke Marilyn hinaus, um Whisky zu holen. Sie brachte eine Flasche Crown Royal im königsblauen Samtsack. Es war jetzt alles in bester Ordnung. Nur Daddy Rich machte ein finsteres Gesicht, als mich Capelli umarmte und auf beide Wangen küßte. Wahrscheinlich war er eifersüchtig, und vielleicht dachte er, daß ich jetzt der Mafia angehörte oder so. Auf jeden Fall hatten wir keine Schwierigkeiten, Capelli davon zu überzeugen, wie wichtig die Sache mit DeNevi war. Ich gab ihm sämtliche Informationen, die er haben wollte, und ehrlich, mir wurde in keinem Moment bewußt, daß ich dabei war, einen Mord vorzubereiten. Solange ich in diesem kleinen Hinterzimmer in Harlem am runden Tisch saß, war mir DeNevi so fremd, als hätte ich nie ein Wort mit ihm gewechselt. Eigentlich existierte er als Mensch überhaupt nicht. Er war nur eine Figur, ein abstraktes Gebilde, das einen Namen hatte. DeNevi. Erst nachdem wir uns die Hand gedrückt hatten und hinausgingen, traf mich die Erkenntnis wie ein Schlag, daß ich DeNevi dort drin, in diesem kleinen, dreckigen Hinterzimmer, umgebracht hatte. Ermordet. Mir brach der Schweiß aus allen Poren, und ich starrte meine Hände an. Zum Glück war kein Blut dran.

«Was ist mit dir, Mann?» hörte ich Daddy Rich sagen. Er stand beim Taxi, bereit einzusteigen.

Ich blickte auf.

«Ich habe eben DeNevi ermordet», sagte ich rauh.

Er blickte mich an, als wäre ich verrückt.

«Du bist verrückt, Kleiner», sagte er und lachte. «Fang nur nicht an durchzudrehen, hörst du. Fang nur nicht an zu spinnen.»

Er kam zu mir und legte einen Arm um meine Schultern.

8

Der nächste Tag war ein Freitag.

Ich stand am Morgen nicht auf. Als Mom aus dem Zimmer kam, drehte ich mich zur Wand. Es war noch kühl in unserer Wohnung und still im Haus. Mom machte Frühstück. Ich hörte sie mit Geschirr hantieren. Kim summte.

Ich versuchte angestrengt, meinen Denkapparat abzuschalten. Es gelang mir nicht. Seit ich nach Hause gekommen war, hatte ich noch kein Auge zugetan. DeNevi spukte in meinem Hirn herum, und wenn ich wenigstens mir gegenüber ehrlich hätte sein können, wäre mir bewußt geworden, daß mich das schlechte Gewissen plagte. Ich versuchte, mir einzureden, es sei absolut notwendig, DeNevi umzubringen, er habe es wegen seiner arroganten Herumschnüffelei nicht anders verdient. Er hatte das Schicksal herausgefordert, jetzt hatte er die Folgen zu tragen, und ich konnte mich beim besten Willen dafür nicht verantwortlich machen. Aber was immer sich in mir auch regte, es ließ mich nicht zur Ruhe kommen. Ich sah DeNevi tausendmal aus dem Haus kommen, in den Dodge Pick-Up steigen und in die Luft fliegen. Ich sah ihn, so wie er war, nur blaß und leblos, im Sarg liegen, obwohl er ja bei der Explosion völlig zerrissen würde. Eine Sekunde später sah ich ihn völlig zerrissen. Und dann sagte ich mir, daß es nicht so schlimm sein könne. Dann lag er wieder im Sarg, die Augen zu, mit einer Schramme am Kopf. Vielleicht kommt er sogar mit dem Leben davon, dachte ich. Das war natürlich Unsinn. Capelli ließ niemanden mit dem Leben davonkommen. Vollste Zufriedenheit garantiert. Ob diesem Mafia-Typen überhaupt zu trauen war? Oder vielleicht sollte ich unser Revier verlassen und mich Capelli anschließen. Ich hätte mit Daddy Rich reden können. Er hätte es sogar begriffen. Immerhin war es mein Leben und meine Zukunft. In Manhattan konnte ich groß werden. Silkpaw, König der Spieler. Capellis rechte Hand. Ja, es war mein Leben. Ich würde Gugu mitnehmen, damit sie ein bißchen aus der Scheiße rauskam. Und Little June würde in die Röhre gucken. Wahrscheinlich würde sie sich das Leben nehmen oder so. Vielleicht konnte ich sie auch ab und zu besuchen, und später, wenn es mir gut ging und sie vernünftiger war, konnten wir uns immer noch zusammentun.

So ein Zeug ging mir durch den Kopf. Wirre Gedanken. Alles durcheinander, und nichts hatte mit der Wirklichkeit zu tun. Die Wirklichkeit war, daß ich im Bett lag und keine Lust hatte aufzustehen. Ich wollte mir an diesem Morgen nicht selbst begegnen.

«Ich habe Kaffee gemacht, Rick», sagte Mom.
Ich schwieg. Kim summte plötzlich nicht mehr.
Mom kam zum Bett und setzte sich auf den Rand. Ich war so angespannt, daß ich fast nicht mehr atmen konnte. Sie legte ihre Hand auf meine nackte Schulter, und ihre Finger berührten mich so sanft, daß ich sie kaum spürte.
«Dein Mädchen war hier, Rick», sagte sie. «Ich wußte gar nicht, daß du eine so hübsche Freundin hast.»
Ich drehte mich jäh um, richtete mich auf, und sie zog ihre Hand erschreckt von mir zurück, als sie mein Gesicht sah.
«Ich hoffe, du hast sie nicht in die Wohnung gelassen», stieß ich hervor.

Mom stand auf und ging zum Herd.

«Hast du sie in die Wohnung gelassen?» rief ich hinter ihr her.

«Warum hätte ich sie nicht hereinlassen sollen?» fragte Mom und nahm den Kaffeetopf vom Herd. Sie wandte sich dem Tisch zu. «Sie wollte hier auf dich warten. Sie ist ein sehr nettes Mädchen, Rick. Sie hat mir von Tante Gladys erzählt und wie sie gestorben ist. Und daß ihr euch verkracht habt.»

«Sonst noch was?» schnappte ich. «Sonst noch irgendwas von allgemeinem Interesse, verdammt?»

Mom goß Kaffee ein.

«Warum regst du dich auf, Rick? Sie hat kein böses Wort gesagt. Sie hat nur gut von dir geredet, und...»

«Ich will nichts hören!» Ich schlug das Laken zurück. Da ich spät nach Hause gekommen war, hatte ich nur die Pumas und die Socken ausgezogen. Die Hose nicht. Barfuß ging ich ins Bad und klatschte mir mit beiden Händen kaltes Wasser ins Gesicht. Ich schaute nicht in den Spiegel. Das kann Unglück bringen, wenn man sich so saumäßig fühlt und trotzdem in einen Spiegel guckt. Zumindest kann einem das den ganzen Tag versauen.

Mom saß am Tisch, als ich aus dem Bad kam. Sie hatte Kim auf einem Knie. Das hatte ich schon lange nicht mehr gesehen. Mom und Kim zusammen. Kim blickte mich mit ihren großen Augen an. Oder schaute sie durch mich hindurch? Ich konnte es nicht genau erkennen. Ich lächelte ihr zu, und sie senkte die Lider. Mom fütterte sie mit Cornflakes, die sie in Milch aufgeweicht hatte.

Ich setzte mich an den Tisch und goß mir eine Tasse Kaffee ein.

«Geh, mach dir French Toast, Rick», sagte Mom.

«Es ist Butter da und Brot.»

«Ich mag nicht», sagte ich und schlürfte vom Kaffee, den ich am liebsten ohne Milch und Zucker trank. Es hatte keinen Sinn, grob zu Mom zu sein. Sie hatte ja eigentlich nichts Schlimmes getan.

«Du ißt wenig, Rick. Ich glaube, du bist mager geworden.»

«Du solltest Spider Man sehen, Mom.» Ich grinste schief.

«Spider Man ist nur noch Haut und Knochen.»

«Ist das ein Freund von dir?»

«Früher war er ein paarmal hier. Er wollte Mister Universum werden, erinnerst du dich? Er hat immer Gewichte mit sich herumgeschleppt, wohin er auch ging. Bleimanschetten an den Fußgelenken und so. Erinnerst du dich an ihn?»

«Hm, ja, schwach. Jetzt, wo du von ihm erzählst.»

Ich schlürfte von meinem Kaffee. Natürlich wußte ich haargenau, daß sie sich an nichts erinnerte. Sie hatte ein furchtbar schwaches Gedächtnis. Vielleicht kam es davon, daß sie zuviel trank. Vielleicht war es aber auch nur ein Schutz, weil es nämlich in ihrem Leben nicht viel gibt, woran sie sich gern erinnert hätte. Mein Vater muß ein elender Ganove gewesen sein, einer, der sie oft schlug und mich auch. Ich weiß das nicht so genau, weil ich damals klein war. Ein Winzling. Aber der Klumpfuß kam nicht von ungefähr. Mom hatte einige Male Andeutungen gemacht.

«Deine Freundin hat mit Kim gespielt, Rick», sagte Mom.

«Ich habe meinen Augen nicht getraut; Kim hatte keine Angst vor ihr. Sie nahm sie sogar hoch und tanzte mit ihr in der Küche herum. Sie ist ein wunderbares Mädchen, Rick, so unbekümmert und fröhlich. Ich mag sie sehr.»

«Warum ist sie weggegangen?»

«Weil du so lange nicht nach Hause gekommen bist. Ich war

müde. Und Kim schlief in ihren Armen. Plötzlich wurde sie ungeduldig und sagte, daß sie jetzt gehen müsse.»

«Hat sie gesagt, wohin sie gehe?»

«Nein. Sie hat nur gesagt, daß sich jemand um sie Sorgen macht, wenn sie so lange wegbleibt.»

«Blödsinn. Sie hat niemand, der sich um sie Sorgen macht.»

«Sie hat gesagt, da ist jemand.»

«Wer?»

«Ich habe nicht gefragt. Aber es klang, als ob sich jemand um sie kümmern würde.»

«Gugu?»

«Wer ist denn das?»

«Hat sie irgendwas von Gugu gesagt?»

«Nein.»

«Von Daddy Rich?»

Mom schüttelte den Kopf. «Rick, dieses Mädchen ist sehr zart. Du mußt aufpassen, daß du ihm nicht weh tust.»

Mom sagte es sehr ernst und blickte mich dabei an. Ihre Augen waren klar, und es schien, als wüßte sie in diesem Moment, wovon sie redete. Sie wollte nicht, daß Little June etwas passierte. Vielleicht erinnerte Little June sie an die Zeit, als sie selbst ein Mädchen gewesen war. Leicht verletzbar.

Ich trank meine Tasse leer und stand auf. Mom hatte einen Arm um Kim gelegt, und sie blickten beide zu mir auf. Ich fühlte mich hundeelend und verließ die Wohnung schnell. Von der nächsten Telefonzelle aus rief ich Esther Frye an.

«Ist Little June da?» fragte ich, ohne meinen Namen zu sagen.

«He, bist du's, Rick?»

«Wer denn sonst?»

«Du lieber Gott, ich kenne eine ganze Menge Leute, Rick.»

Ich sagte nichts. Sekunden verstrichen. Ich hörte sie atmen.

«Wo bist du denn?»

«Irgendwo in einer Telefonzelle.»

«Warum kommst du nicht her. Ich würde dich gern sehen.»

«Ich will nur wissen, wo Little June ist.»

«Sie war hier. Sie hat hier bei mir geschlafen. Heute früh ging sie weg.»

«Wohin?»

«Ich glaube, sie wollte zu Mr. DeNevi, Rick. Sie hat ein paar von deinen Skizzen und Federzeichnungen mitgenommen. Ich weiß aber nicht, ob sie...»

Ich hängte ein. Zuerst wollte ich in die Halsey Street laufen, aber dann ging ich hinunter zum Park. Ich war furchtbar durcheinander und dachte, daß mir nur ein Idiot helfen konnte. So früh am Morgen war niemand im Park, außer drei oder vier Pennern, die dort geschlafen hatten. Eine Flasche Rum machte die Runde. Einer von ihnen sah mich und winkte mich herüber. «Komm her, Junge, trink einen mit uns!» rief er und lachte. Die anderen lachten auch, und einer stand auf, drehte mir den Rücken zu und pinkelte gegen die Mauer, auf der wir immer saßen.

Ich ging durch den Park. Ein einäugiger Hund folgte mir ein Stück. Ich hatte nichts für ihn, und schließlich gab er es auf. Ich ging durch die leeren Straßen und redete mir ein, daß ich es absolut nicht nötig hatte, einen Joint zu rauchen. Ich konnte Little June auch so in die Augen sehen, und ich konnte ihr sagen, daß ich die Zeichnungen haben wollte, die sie DeNevi zeigen wollte. Was interessierte sich DeNevi schon für Zeichnungen. Er war kein Künstler. Er war ein kaltschnäuziger Ex-Cop, der eigentlich schon tot war. Nur wußte er es noch nicht. Aber ich wußte es. Und das machte mich ihm überlegen.

In der Halsey Street war Betrieb. Ein alter Mann fuhr mit seinem klapperigen Lieferwagen von Tür zu Tür und verkaufte Meerkrebse, die er auf Eis gelegt hatte. Ein paar Kinder gingen voraus und riefen: «Frische Meerkrebse! Frische Meerkrebse!»

Niemand beachtete mich. Ich ging an DeNevis Dodge vorbei und durch eine Häuserlücke in den kleinen Hof hinter dem Haus, in dem DeNevi wohnte. Die Rückwand des Hauses war aus Ziegelsteinen gebaut und mit schwarzer Farbe überstrichen. Eine Feuerleiter führte im Zickzack bis zum Flachdach hoch. Der unterste Teil der Leiter war einziehbar, so daß die Treppe von Unbefugten nicht benutzt werden konnte, wenigstens nicht von der Erde aus. Mit dem eingezogenen Endstück begann die Leiter auf einem Eisenrost in Höhe des ersten Stockwerks. Es gab keine Möglichkeit, den Rost zu erreichen. Ich schaute mich um und entdeckte einen schmalen Mauervorsprung am Nachbarhaus. Darunter stand eine kleine Hütte aus Blech, die ziemlich verrostet war. Ohne noch länger zu überlegen, kletterte ich auf das schräge Blechdach und zog mich von dort auf den Mauervorsprung. Eng gegen die Wand gedrückt, tastete ich mich zur Feuerleiter des Nachbarhauses hinüber. Als ich sie erreichte, war ich schweißgebadet, und meine Knie zitterten ein bißchen. Ich verharrte einen Moment zwischen den Eisenstreben und blickte an der Hausfassade hoch. Die Feuerleiter führte zwischen zwei Fensterreihen hindurch zum Dach hoch. Über mir hatte jemand Wäsche zum Trocknen aufgehängt. Aus einer der Wohnungen kam Kindergeschrei.

Ich ging die Treppe hoch. Niemand bemerkte mich. Oben schwang ich mich auf die niedere Backsteinbrüstung. Es tat gut, hier oben zu sein. Der Wind wehte, und ich konnte den

Dunst sehen, der in der Ferne über den Dächern lag. Der Wind roch nach Salz vom Meer. Ich ging zur anderen Seite des Daches und schaute zur Halsey Street hinunter. DeNevis Dodge stand nicht mehr am Straßenrand. Die Stimmen der Frauen, die von dem alten Mann Krebse kauften, drangen zu mir hoch. Und die Kinder riefen: «Frische Meerkrebse! Frische Meerkrebse!»

Es war ein ruhiger Morgen.

Ich ging an der Brüstung entlang zu der Seite des Hauses, wo sich die schmale Lücke befand, durch die ich in den Hinterhof gelangt war. Sie mochte etwa anderthalb Yards breit sein. Beide Häuser waren gleich hoch und hatten die gleiche Brüstung, die das Flachdach einfaßte. Anderthalb Yards ist normalerweise ein Katzensprung für mich. Aber hier oben sah das ein bißchen anders aus. Ich kriegte Bammel, und ich dachte schon daran, zuerst einen Joint zu rauchen, als ich DeNevis Katze sah. Sie war vom Flachdach aus auf die Brüstung gesprungen, und als sie mich sah, erschrak sie zuerst. Sie machte einen Buckel und starrte mich an, und schließlich miaute sie und kam zu mir zum Rand der Brüstung. Mir wurde fast schlecht, weil ich dachte, im nächsten Moment verliert sie das Gleichgewicht und fällt drei Stockwerke hinunter. Das hätte sie wahrscheinlich nicht überlebt.

Nach einer Weile beruhigte ich mich, und schließlich entschied ich mich dafür, den Sprung zu wagen. Ich stellte mich auf die Brüstung, holte tief Luft und sprang. Es war tatsächlich ein Kinderspiel, aber für den Bruchteil einer Sekunde, frei über dem Abgrund, blieb mein Herz stehen. Als ich drüben mit einem Fuß auf die Brüstung kam und sofort auf das Flachdach niedersprang, hätte ich jubeln können. Ich dachte, daß das DeNevi eigentlich hätte sehen müssen und die Tante vom Sozialamt auch, obwohl die wahrscheinlich in Ohnmacht gefallen wäre.

Ich kauerte beim Kamin nieder, die Katze kam herüber, und ich streichelte sie ein bißchen. Das Flachdach schien ihr Revier zu sein. Es roch ziemlich übel nach Katzenkot, und damit sie sich wohl fühlte, hatte ihr DeNevi ein paar Zierbüsche und Bäume aufs Dach gestellt. Offenbar verirrte sich ab und zu sogar ein Vogel hierher, denn überall lagen Vogelfedern herum. Als ich mich erhob und zur Rückseite des Hauses ging, dort, wo die Feuerleiter angebracht war, sah ich sogar eine halbe Ratte auf dem Dach liegen. Die Katze hatte nur den vorderen Teil gefressen.

Ich setzte mich auf die Brüstung und ließ mich auf die oberste Plattform der Feuerleiter nieder. Schräg unter mir befand sich das Küchenfenster von DeNevis Wohnung. Ich ging langsam die Treppe hinunter bis zum Fenster. Wäre es offen gewesen, hätte ich ohne große Anstrengung in DeNevis Wohnung einsteigen können. Aber es war zu. Durch die Scheibe hindurch blickte ich in die Küche, und was ich zu sehen kriegte, verschlug mir glatt den Atem. Am Spülbecken stand nämlich Little June, emsig dabei, den Topf zu schrubben, wo noch vor wenigen Tagen die dicke Gemüsesuppe drin gewesen war, auf die DeNevi so stolz war.

Eine Woche hätte sie ihm reichen sollen. Jetzt war der Topf leer.

Little June hatte mich offenbar nicht bemerkt. Ich schaute ihr eine Weile zu. Da ich DeNevis Dodge nirgendwo gesehen hatte, konnte es gut sein, daß Little June allein in der Wohnung war. Allein in DeNevis Wohnung! Ich konnte es kaum fassen.

Oben auf dem Dach miaute die Katze zu mir herunter. Little June drehte den Kopf zum Fenster, und ich wollte zurückweichen, aber sie sah mich, und der Topf fiel aus ihren Händen. Wasser schwappte über, und sie schlug ihre nassen Hände vors Gesicht und starrte durch die Spalten zwischen ihren Fingern ungläubig zu mir herüber.

Was sollte ich tun? Ich winkte ihr zu und bedeutete ihr, das Fenster aufzumachen.

Sie schüttelte den Kopf.

Ich wurde beinahe wütend.

«Mach auf!» rief ich.

Sie gehorchte. Sie kam zum Fenster und öffnete es.

«Wie... wie bist du hierhergekommen?» stieß sie stockend hervor.

«Mit dem Fallschirm», sagte ich. «Was ist? Bist du allein?» Sie nickte. «Aber ich will nicht, daß du hereinkommst. Das ist nicht meine Wohnung.»

«Als ob ich das nicht wüßte. Seit wann machst du für DeNevi den Haushalt?»

«Ich mach nicht seinen Haushalt.»

«Du spülst sein Geschirr. Ist das vielleicht was anderes?» «Ich spüle nur sein Geschirr, weil ich hier bin und nicht weiß, was ich sonst tun soll.»

«Und vielleicht hast du eine Erklärung dafür, daß du überhaupt hier bist.»

Sie senkte den Blick.

Eine Weile schwiegen wir. Plötzlich hob sie den Kopf. «Hat dir deine Mutter gesagt, daß ich dich gesucht habe?»

«Ich bin ziemlich spät nach Hause gekommen.»

«Du warst mit Daddy Rich unterwegs, nicht wahr? Gugu hat gesagt, daß ihr nach Harlem gefahren seid. Wegen eines Geschäfts.»

Mir wurde ganz heiß. «Gugu soll nicht von Dingen reden, die sie nichts angehen», sagte ich.

Sie blickte mich nur an, und sie hatte die Lippen zusammengepreßt. Ich fragte mich, was Gugu ihr sonst noch gesagt hatte, aber ich konnte mir nicht vorstellen, daß sie irgend etwas wußte. Daddy Rich hatte ihr bestimmt nichts von unseren Plänen verraten. Oder doch? Ich war plötzlich unsicher.

«Wir waren in Harlem zum Spielen», sagte ich.

«Ja», sagte sie. «Mit Mafia-Leuten.»

«Das hat Gugu gesagt?»

Sie nickte.

«Also», sagte ich. «Was tust du hier?»

«Ich bin zu Besuch hier.»

«Einfach so?»

«Ja. Mr. DeNevi ist eben erst weggegangen. Er wird aber bald wieder zurück sein.»

«Das klingt fast, als hättest du Angst vor mir.»

«Ich habe Angst vor dir, Rick.»

«Du hast in der Wohnung von Esther Frye geschlafen, nicht wahr?»

«Ja. Woher weißt du das?»

«Ich habe dort angerufen, heute morgen. Sie sagte mir, daß du vielleicht hier bist.» Ich lehnte mich kauernd gegen das Geländer der Feuertreppe. «Jetzt möchte ich wissen, warum du hier bist.»

«Nur so. Ich wollte mit ihm reden.»

«Ah? Worüber? Über mich?» Ich lachte auf.

«Ja. Über dich.»

«Und? Wo ist DeNevi jetzt?»

«Einkaufen. Er fährt heute abend in die Berge. Er hat Esther und mich eingeladen, mit ihm zu fahren.» Little June lächelte. «Weißt du, was er tut, Rick? Er gräbt irgendwo alte Soldaten aus.»

«Er gräbt eine Kanone aus», sagte ich. Und jetzt lachten wir beide. «Hast du die Schädel gesehen, die er in der Wohnung herumliegen hat? Das sind Soldatenschädel aus dem Unabhängigkeitskrieg.»

«Ich weiß. Er hat mir alles gezeigt. Er war früher oft in den Bergen. Zusammen mit Magruder.»

Ich sagte nichts darauf. Wieder verstrich eine Weile. Wir blickten uns nicht an. Schließlich fragte ich sie, ob sie mit ihm in die Berge fahren würde.

«Ich weiß nicht», sagte sie. «Ich wollte nicht hier bleiben.»

«Warum nicht?»

«Weil ich weggehen wollte.» Sie lachte leise. «Nur so. Hast du gesehen, wie ich ausgesehen habe, mit Gugus Schminke im Gesicht? Ich wollte nicht so aussehen.»

«Du hast gut ausgesehen», sagte ich und blickte an ihr vorbei. Die Katze kam die Treppe herunter. Ich nahm sie und gab sie Little June. «Kommst du mit mir?» fragte ich, ohne sie anzusehen.

«Wohin?»

Ich hob die Schultern.

«Irgendwohin.» Jetzt hob ich den Kopf und blickte ihr in die Augen. «Weg von hier. Wir könnten nach Long Island hinausfahren. Es ist Wochenende. Viele Leute fahren nach Long Island hinaus. Wir könnten irgendwo am Strand liegen und schwimmen gehen.»

Sie nickte leicht. «Ich wollte nicht unbedingt alte Soldaten ausgraben», sagte sie. «Wartest du unten auf mich? Oh, nein, komm lieber durch die Wohnung. Die Feuerleiter ist doch nicht...»

Sie hielt inne, weil ich schon die Feuerleiter hinunterlief. Unten ließ ich mich von den Eisenstreben der Plattform herunterhängen. Dann sprang ich. Ich kam schräg auf und verknackste mir den Fuß, der sowieso nicht ganz in Ordnung war. Die Schmerzen trieben mir Tränen in die Augen, und für einen Moment stand ich ziemlich krumm unter der Feuerleiter.

«Bist du in Ordnung, Rick?» rief Little June aus dem Fenster.

«Absolut», rief ich zurück und versuchte, nicht zu humpeln, als ich zur Häuserlücke ging.

Ich hatte keine Ahnung, wohin wir gehen sollten. Ich kannte mich außerhalb vom Bed-Stuy Bezirk nur bei Dunkelheit aus. Daddy Rich war einmal mit uns zur Nordküste von Long Island gefahren, zur Oyster Bay. Der Strand dort gehörte den reichen Leuten, die in mächtigen Villen wohnen und Bootshäuser wie Paläste haben. Die einzigen Schwarzen, die es dort gibt, sind Bedienstete oder Gärtner. Wir waren nachts dort gewesen und hatten in einer kleinen, schönen Bucht ein paar Joints geraucht. Dann waren wir nackt schwimmen gegangen, und auf dem Rückweg waren wir in ein leeres Haus eingebrochen, hatten die Bar ausgeräumt und zwei goldgerahmte Bilder mitgehen lassen. Die Bilder hingen jetzt bei irgendwelchen steinreichen Rauschgifthändlern in Florida, und die Cops hatten längst aufgehört, nach ihnen zu forschen.

Ich war nicht ganz sicher, ob ich die Bucht wieder finden würde. Ich erinnerte mich an einen großen Golfplatz, der damals blaß im Mondlicht gelegen hatte, und an eine alte, halb zerfallene Molkerei, wo wir tausend alte Milchflaschen zertrümmert hatten. Malcolm, Snootchy Fingers und Spider Man waren damals dabei gewesen, und Snootchy Fingers hatte Höllenängste ausgestanden, weil im Dachgebälk angeblich Geister herumschwirrten, aber das waren nur Waschbären und andere Tiere. Snootchy Fingers war damals knapp zwölf Jahre alt gewesen, und ich glaube, er hat sogar in die Hosen gemacht, als wir in das leere Haus einbrachen. Ich erzählte Little June von der kleinen Bucht, während wir die Straße entlanggingen. Natürlich sagte ich kein Wort von dem, was wir dort gemacht hatten, und sie wollte auch nicht wissen, wann und mit wem ich schon einmal dort gewesen war.

Am Ende der Halsey Street, bei der Kreuzung, sah ich plötzlich Esther Fryes häßlichen Toyota Corolla. Sie hielt an der Ampel, weil rot war. Weil ich keine Lust hatte, sie zu treffen und mit ihr zu palavern, nahm ich Little June bei der Hand und zog sie in die entgegengesetzte Richtung.

«Wohin gehen wir jetzt?» fragte sie und versuchte mich daran zu hindern, schneller zu laufen. «Wovor läufst du davon, Rick? Was ist los?»

«Nichts», sagte ich gepreßt. Mein Fuß schmerzte, und ich konnte ihn kaum richtig belasten. Ich zog Little June mit mir, und bei der nächsten Querstraße bogen wir ab. Ich wollte gerade in einer Häuserlücke untertauchen, als hinter uns die lächerliche Hupe des Toyota ertönte. Ich blieb stehen. Es hatte keinen Sinn mehr, der Tante entgehen zu wollen. Sie steuerte ihre Karre zwischen Mülleimern hindurch, fuhr durch eine Pfütze mit Seifenschaum und hielt vor uns an. Ich ließ Little June los und steckte die Hände in die Hosentaschen.

Esther Frye stieg aus.

«Es ist etwas Schreckliches passiert», sagte sie sofort, und ich hörte an ihrer Stimme, daß sie richtig verzweifelt war. Im ersten Moment dachte ich, Jack wäre bei Mom gewesen, und es hätte Streit gegeben, aber dann sagte sie, daß Spider

Man vor einer halben Stunde tot aufgefunden worden war. Little June hielt sich an meinem Arm fest, als hätte sie Angst, von mir weggerissen zu werden. Ich starrte Esther Frye an, und obwohl ich ja seit einiger Zeit damit gerechnet hatte, daß Spider Man sich irgendwann eine Überdosis spritzen würde, konnte ich es nicht fassen.

«Wer ... wer hat ihn gefunden?» fragte ich stockend.

«Zwei Polizisten. Er war in einer Tiefgarage an der Fulton Street mit ihnen verabredet. Jemand hat ihn niedergestochen.»

«Lieber Gott», hörte ich Little June leise sagen. «Warum hätte ihn jemand ermorden sollen? Er war harmlos. Ich glaube nicht, daß er jemandem etwas getan hat.»

«Die Polizei verdächtigt irgendwelche Kolumbianer», sagte Esther Frye. Bei der Leiche von Spider Man wurde ein Zettel gefunden. Tod den Verrätern, stand darauf. Auf spanisch!»

«Spider Man war kein Verräter», sagte Litte June. Sie zog an meinem Arm. «Sag es, Rick. Sag, daß Spider Man kein Verräter war.»

Ich senkte den Kopf. «Ich weiß nicht, ob er ein Verräter war oder nicht. Er ist ein Fixer. Manchmal, wenn er einen Schuß brauchte, hätte er seine Seele dem Teufel verkauft. Ich weiß nicht, was er getan hat, daß ihn jemand umbringen mußte. Ich habe damit nichts zu tun.»

«Man sucht Daddy Rich», sagte Esther Frye. «Ich war im Revier, als man ein Tonband abspielte. Spider Man muß darauf Daddy Richs Namen genannt haben. Lieutenant Corbin bat mich, nach dir zu suchen, Rick. Du sollst aufs Revier kommen.»

«Wozu?»

«Das weiß ich nicht. Er meint, daß es für dich gefährlich

werden könnte, wenn du dich rumtreibst. Ich habe keine Ahnung davon, aber ich würde dir raten, Lieutenant Corbin aufzusuchen, Rick.»

Was konnte ich tun? Mein Instinkt warnte mich, aber ich konnte Esther Frye in diesem Moment vor Little June nicht gut erklären, daß mir der Lieutenant gestohlen bleiben konnte. Ich hatte nichts mit der Sache zu tun. Am liebsten hätte ich mich zuerst mit Daddy Rich abgesprochen. Ich wußte nicht einmal genau, was vorgefallen war.

«Du hast nichts zu befürchten, Rick», sagte Esther Frye. «Wenn du willst, fahre ich dich zum Revier.»

Ich hob die Schultern, aber mir war ganz erbärmlich zumute, als ich in ihre Karre einstieg. Sie schaltete zum Glück das Radio nicht ein. Little June drückte sich ganz eng an mich, und wir hielten uns an den Händen fest.

«Armer Spider Man», flüsterte sie. «Was könnte er Schlimmes getan haben?»

«Wahrscheinlich hat er einen der großen Drogenhändler verpfiffen», erwiderte ich so leise, daß Esther Frye nichts verstehen konnte. «Einen Kolumbianer namens Santos. Er machte Geschäfte mit Schnee und Heroin. Manchmal auch mit Reefer.» «Hast du etwas damit zu tun, Rick?»

«Nein. Natürlich nicht. Du weißt, was ich davon halte. Ich kann ohne das Zeug auskommen, aber Spider Man nicht. Früher war er stark. Er dachte, ihm kann so leicht nichts unter die Haut gehen. Das Zeug hat ihn fertiggemacht. Fix und fertig.»

«Ich will dich etwas fragen, Rick, und erwarte eine ehrliche Antwort.»

«Ich würde dich nie anlügen, Little June.»

«Hast du diesen Cop umgebracht? Magruder, oder wie er hieß?»

«Bist du verrückt! Ich war nicht einmal dort. Das weiß doch jeder.»

«DeNevi sagt aber, daß du damals dabeigewesen bist, als dieser Cop starb. Er sagt, daß es ein Heroingeschäft war, und er sagt auch, daß du ein Lügner bist, weil du Angst hast und weil es bequemer ist zu lügen, als die Wahrheit zu sagen.»

«Er ist verrückt, wenn er das sagt!»

«Ich weiß nicht, Rick. Ich habe kein gutes Gefühl. Manchmal muß man mutig sein, um die Wahrheit zu sagen. Ich will nicht daran denken, daß du ein Feigling bist.»

«Ich war nicht dabei. Herrgott, du mußt mir glauben, Little June. Ich war nicht dabei. Ich habe mich immer rausgehalten, wenn es um solches Zeug ging. Schon in der Schule, als alle schnupften und so. Ich wollte immer einen klaren Kopf behalten. Schon wegen Mom. Weil sie trinkt, verstehst du. Und wegen Jack und all den anderen, und wegen dem Respekt vor mir selbst und so. Und ich wollte nicht den Respekt vor mir selbst verlieren, verstehst du. Ich habe heute noch nicht einmal einen Joint geraucht.»

«Ich bin froh, daß du nicht so bist wie Spider Man oder Daddy Rich oder irgendeiner von den anderen.»

«Wir sind beide nicht so wie die anderen», sagte ich leise.

«Ich möchte von hier weggehen, Rick.»

«Wohin? Nach Florida? Oder auf die Bahamas? Vielleicht gehen wir auf die Bahamas. So, wie wir es immer geplant haben. Erinnerst du dich, Daddy Rich sagte immer, daß dort das Paradies ist und das Leben ein einziges Fest.»

«Das ist nur ein Traum, Rick. Das Leben ist nirgendwo ein einziges Fest.»

Natürlich hatte sie recht. Ich dachte, daß wir ohnehin niemals dorthin fliegen würden, weil dann wahrscheinlich so-

gar dieser Traum kaputtgegangen wäre. Alles schien plötzlich so durchsichtig und dünn zu sein. Alles schien wie aus
Glas. Mein ganzes Leben konnte im nächsten Moment zer-
splittern, wenn ich nicht höllisch aufpaßte.

9

Sie hatten Spider Man fachmännisch umgebracht. Hinterrücks, mit einem einzigen Stich. Sühnemord, nannte es
Corbin.
Ich wollte Spider Man nicht sehen, aber Corbin ließ mir
keine Wahl. Er führte mich ins Leichenschauhaus, wo er auf
einem Schragen lag, zugedeckt mit einem weißen Laken.
Der Polizeiarzt hatte schon ein bißchen an ihm gearbeitet,
aber der genaue Obduktionsbefund lag noch nicht vor.
Der Polizeiarzt war ein untersetzter Mann mit schütterem,
graustrâhnigem Haar und einem geröteten Gesicht. Er war
entweder Asthmatiker oder hatte schon Lungenkrebs vom
Rauchen. Er rauchte drei Zigaretten, während er Corbin
und mir erklärte, was er bis jetzt festgestellt hatte. Und nach
jedem halben Satz holte er rasselnd Luft, ohne die Zigarette
aus dem Mund zu nehmen.
«Wer immer ihn umgelegt hat, Junge, es handelt sich um
einen Experten. Der hat genau gewußt, wo er die Messer-
spitze anzusetzen hatte. Sie drang dem armen Jungen zwischen den Rippen hindurch genau ins Herz. Maßarbeit!»
Ich stand neben Corbin wie ein Klotz, während der Arzt mit
spitzen Fingern eine klaffende Wunde an Spider Mans linker
Seite berührte. Er trug Gummihandschuhe, die ziemlich
blutverschmiert waren.
«Junge, wenn du sein Freund bist, dann würde ich mir an
deiner Stelle überlegen, ob du draußen in eurem Revier

sicher bist, solange dieser Killer frei rumläuft.» Er nahm die Zigarette aus dem Mundwinkel, und ich bemerkte, daß etwas Blut von seinem Handschuh über der Oberlippe zurückblieb. Spider Mans Blut.

«Willst du ihn ganz sehen, Junge?» fragte der Arzt. Er sah mich an, als wollte er mir eine ganz besondere Freude machen, ich nickte, oder vielleicht sagte ich sogar, daß ich ihn sehen wollte, denn er hob das Laken an, und im nächsten Moment starrte ich in das wächserne Totengesicht von Spider Man. Ich konnte das nicht ertragen. Ohne mich um Corbin zu kümmern, drehte ich mich um und lief auf die Glastür zu. Corbin holte mich auf der Treppe ein und hielt mich am Arm zurück.

«Lassen Sie mich!» stieß ich sofort hervor. Ich wollte mich losreißen, aber das schaffte ich nicht. Und dann kamen mir die Tränen. Ich konnte sie nicht zurückhalten. Spider Man war zwar nie ein richtiger Freund gewesen, aber jetzt trauerte ich um ihn, als wären wir Brüder gewesen oder was. Ich wollte es nicht wahrhaben, daß es ihn auf diese Art erwischt hatte, obwohl ich ja schon seit Monaten mit seinem Tod rechnete. Aber nicht auf diese Art! Heimtückisch von einem Meuchelmörder niedergestochen. In einer finsteren Tiefgarage.

«Komm, wir gehen ins Office», sagte Corbin.

Ich schüttelte den Kopf.

«Ich gehe nach Hause», sagte ich.

«Ich muß mit dir reden, Junge. Außerdem glaube ich, es ist jetzt an der Zeit, daß du mir die Wahrheit sagst.»

«Ich gehe nach Hause», widersprach ich.

Er schüttelte den Kopf. «Hast du gehört, was ich eben gesagt habe, Silkpaw?» Er legte mir die Hand auf die Schulter. «Es ist jetzt wohl an der Zeit, daß du mir die Wahrheit sagst.»

Sofort änderte sich alles in mir. Auf Anhieb wurde mir klar, daß ich mich hatte gehenlassen. Ich war Corbin sozusagen ziemlich schutzlos ausgeliefert gewesen, nur weil mir der Tod von Spider Man nahegegangen war. Aber so was dauert bei mir nicht lange. Ich kann mich auf veränderte Situationen schnell einstellen. Das habe ich gelernt, als ich zum ersten Mal merkte, wie verwundbar man ist, wenn man außer Kontrolle gerät.

«Ich glaube nicht, daß es irgend etwas zu sagen gibt, was ich nicht schon gesagt hätte», antwortete ich. «Mit dem Tod von Spider Man habe ich nichts zu tun. Ich hätte ja nicht einmal hierherkommen brauchen.»

«Ich hätte dich geholt, Junge», gab Corbin zurück. Er merkte, daß ich mich gefangen hatte, aber ein hintergründiges Lächeln umspielte seine Lippen. Er wußte etwas. Er hatte irgend etwas, etwas Neues. Einen Hinweis. Mir wurde ziemlich heiß. Ich wischte mir die Tränen vom Gesicht.

«Was ist?» fragte ich. «Kann ich nach Hause gehen?»

«Ich weiß, wer den Schuß abfeuerte, der Paul DeNevi das Handgelenk zerschmetterte, Junge», sagte er.

«Gratuliere, Lieutenant, Sir», sagte ich so spöttisch wie möglich. «Wer ist es denn dieses Mal?»

«Ich vermutete es schon die ganze Zeit, Junge. Ich dachte immer, daß du dabei gewesen bist.»

«Ich war nicht dabei.»

«Du lügst! Verdammt, wann merkst du endlich, daß du nicht ungeschoren davonkommst? Jeder bezahlt, Junge. Heute morgen war es Spider Man.» Corbin lachte auf. «Wie du ja weißt, war Spider Man in den letzten Wochen seines Hundelebens ziemlich verzweifelt. Für einen Schuß tat er alles. Für einen Schuß tat er Dinge, die ihm wohl niemand zugetraut hätte.»

«Was für Dinge?»

«Zum Beispiel belieferte er uns mit Informationen. Spider Man war ein Informant. Seine Hinweise führten zur Festnahme von Santos, dem Kolumbianer. Wir hatten ihn schon zwei Jahre lang im Visier, aber er ist ein abgefeimter Schurke, der sich so leicht keine Blöße gab. Ohne Spider Man hätten wir vielleicht noch einmal drei Jahre warten müssen.»

«Und dafür hat Spider Man bezahlt, nicht wahr?»

«Genau, dafür hat er bezahlt. Aber lange wäre er ohnehin nicht mehr am Leben geblieben. Das Rauschgift hat ihn zerfressen. Wenn du willst, kannst du am Abend noch einmal mit Dr. Reynolds reden. Dann hat er den Leichnam seziert, und ich bin sicher, daß er dir dann genau erklären kann, warum Spider Man eigentlich schon tot war, als ihm der Mörder in der Tiefgarage auflauerte.»

«Wenn Sie wußten, daß es so schlimm war, warum haben Sie dann nicht dafür gesorgt, daß er in eine Entzugsklinik gebracht wurde?»

Corbins Lächeln verschwand. «Ich war nicht sein Freund, Junge», sagte er ernst. «Wie lange hast *du* zugesehen? Monatelang wußtest du, daß er sich zugrunde richtet. Und was hast du getan? Hast du ihm ein einziges Mal gesagt, daß er versuchen soll, von diesem Giftzeug wegzukommen? Hast du vielleicht jemand um Hilfe gebeten? Du weißt, daß es Institutionen gibt, die sich um ihn gekümmert hätten. Und wenn...»

«Es war sein Leben!» rief ich dazwischen. «Es war sein Leben! Genau wie mein Leben mein Leben ist! Institutionen taugen nichts. Wo sind denn diese Institutionen? Auf Long Island? Irgendwo im Norden? Spider Man lebte in unserem Revier, Lieutenant, Sir! Da war er zu Hause, und er brauchte sich vor nichts zu fürchten, weil er alles kannte, den Park, die Gesichter am ‹Strand›. Seine Bude, wo er sich verstecken konnte, wenn er unsicher war. Die Spritze. Alles gehörte zu seinem Leben. Man hätte ihn töten müssen, um ihn von hier wegzuholen!» Ich brach ab. Man hatte ihn getötet.

Ich blickte in Corbins Augen. «Kann ich jetzt gehen?» fragte ich noch einmal.

«Spider Man hat den Polizisten Hill und Robson gesagt, daß du damals dabei warst, als Magruder ums Leben kam. Daddy Rich, Malcolm, Spider Man und du.»

Ich lachte auf.

«Eben haben Sie gesagt, daß er alles getan hat, um einen Schuß zu kriegen.»

«Willst du damit sagen, daß er gelogen hat?»

«Ja. Er war ein ausgezeichneter Lügner, Lieutenant, Sir, aber ein Verräter war er nicht.»

«Er hat ein Geständnis abgelegt. Wir haben es auf Tonband, Junge!»

«Das Geständnis eines Toten.» Ich grinste. «Warum geben Sie es nicht endlich auf? Ich war damals nicht dabei, und wenn Daddy Rich dabei war, so weiß ich nichts davon. Ich wüßte was davon, wenn ich dabei gewesen wäre. Aber ich weiß nichts, verstehen Sie. Ich weiß überhaupt nichts.»

«Wo ist Daddy Rich?»

«Keine Ahnung. Ehrlich, Lieutenant, Sir.»

«Ich könnte dich festnehmen und zumindest vierundzwanzig Stunden einsperren, Junge.»

Ich streckte ihm meine Hände hin, sagte aber nichts.

Er ließ meinen Arm los.

«Wenn DeNevi erfährt, daß du ihm die Hand weggeschossen hast, erlebst du dein blaues Wunder, Junge! DeNevi ist nicht der Mann, der dich schonen würde. Er war mein bester Mann. Zuverlässig. Er hatte sich mit Leib und Seele der

Aufgabe verschrieben, in diesem Drecksbezirk aufzuräumen. Er wollte die Rauschgifthändler zur Strecke bringen, denn die hielt er für die Ursache des ganzen Übels. Aber in der Nacht, als er zum Park fuhr, um Magruder Rückendeckung zu geben, wurden alle seine Ideale zerstört. DeNevi ist kein Cop mehr, Junge. Er ist hinter Daddy Rich her, und wenn er ihn erwischt, bringt er ihn um.»

«Hindern Sie ihn daran!» verlangte ich kalt.

Corbin hob die Schultern und lächelte.

«Warum sollte ich das tun?» fragte er. «Wie du selbst erkannt hast, habe ich nur das Geständnis eines Toten. Hätte ich zum Beispiel dein Geständnis, könnte ich Daddy Rich verhaften und für immer hinter Schloß und Riegel bringen. Damit, Silkpaw, wäre wenigstens sicher, daß ihn DeNevi nicht erwischt.»

Was hätte ich ihm darauf sagen können? Selbst wenn ich tatsächlich gesehen hätte, daß Daddy Rich die Schüsse auf Magruder abfeuerte, verraten hätte ich ihn nie.

Corbin wollte mir unbedingt noch das Tonband mit dem Geständnis von Spider Man vorspielen, aber ich bat ihn, das ein andermal zu tun, weil ich ganz einfach im Moment den Nerv nicht hatte, das Gesabber eines Rauschgiftsüchtigen zu hören, der ein Stockwerk tiefer in einem kalten, weißgekachelten Raum auf einem Metallschragen lag und seziert wurde. Corbin sah ein, daß das ein bißchen zuviel verlangt war. Er ließ mich gehen.

Draußen warteten Little June und Esther Frye. Sie sahen mich an, als wäre ich aus lebenslanger Haft vorzeitig entlassen worden.

«Rick, Little June hat mir gesagt, daß ihr zu einer Bucht auf Long Island fahren wollt. Ich bin sicher, daß Mr. DeNevi nichts dagegen hätte, wenn ihr uns begleiten würdet.»

Ich senkte den Kopf und ging an ihr vorbei. Ohne mich um sie zu kümmern, begann ich die Treppe hinunter und ins Freie zu laufen. Ich rannte über die Straße, ich hörte Little June rufen, aber ich drehte mich nicht nach ihr um. Ich mußte unbedingt Daddy Rich finden, bevor es zu spät war.

Ich suchte ihn überall, fand ihn aber nicht. Niemand wußte, wo er war, nicht einmal Gugu, die völlig weggetreten bei Bee Gee's saß und in einen leeren Eisbecher hineinstierte. Es herrschte eine furchtbare Begräbnisstimmung dort, und ich machte, daß ich wegkam. Jetzt, nachdem er tot war, hatte Spider Man scheinbar überall gute Freunde, die ihm nachtrauerten.

Ich ging in die Halsey Street.

DeNevis Dodge war vor dem Haus geparkt. Ich überlegte mir, ob ich zu ihm hochgehen sollte. Vielleicht war Little June oben. Ich war sicher, daß DeNevi den Plan aufgegeben hatte, dieses Wochenende in den Catskill Mountains seine dämliche Kanone auszugraben.

Ich fand den Mut nicht, hinaufzugehen. Statt dessen ging ich nach Hause. Mom war im Bett. Der kleine Schwarzweißfernseher lief. Ich sah sofort, daß sie getrunken hatte. Ich nahm eine Dose Pepsi aus dem Kühlschrank, öffnete sie, trank sie halb leer und gab den Rest Kim. Dann setzte ich mich auf mein Bett und zog das Hemd aus. Ich hatte ziemlich geschwitzt, und das Hemd stank. Ich zog ein anderes an. Dann wartete ich. Ich wußte nicht, worauf.

Es war Mittag, als Malcolm kam. Er war aufgeregt, und als er Kim sah, wollte er nicht reden.

«Sie versteht kein Wort», beruhigte ich ihn. «Was ist?»

«Komm mit», sagte er.

«Wohin?»

Er blickte zu Kim hinüber, und Kim verschwand unter dem Herd. Dafür erschien Mom in der Türöffnung, halbnackt, klapperdürr und mit zerzaustem Haar.

«Hast du Jack irgendwo gesehen?» fragte sie.

«Nein, Mom», sagte ich. «Geh wieder ins Bett.»

«Dieser Lump hat mich verlassen, Rick», sagte sie. «Stell dir vor, dieser Lump hat mir mein Geld genommen und ist einfach abgehauen.» Sie löste sich vom Türpfosten, wankte und stürzte auf den Tisch zu. Im letzten Moment konnte sie sich an einer Stuhllehne festhalten.

Ich hörte, wie Malcolm durch seine Nase ausatmete.

«Komm, ich halt das nicht aus», sagte er.

Mom lachte schrill und wischte mit einer Handbewegung das schmutzige Frühstücksgeschirr vom Tisch.

Malcolm war schon bei der Tür. Als ich ihm nachgehen wollte, gab er mir mit der Hand schnell ein Zeichen. Ich wußte nicht, was er meinte. Er schüttelte den Kopf und hob sein T-Shirt an, so daß ich den Griff einer Knarre sehen konnte, die er im Hosenbund trug.

«Nackt kannst du nicht rumlaufen, Mann», sagte er.

Mom taumelte am Tisch vorbei in die Toilette. Sie schlug die Tür hinter sich zu.

«Los, Mann, mach vorwärts», drängte Malcolm.

Ich nahm meine Automatic unter dem Bett hervor, steckte sie in die Gesäßtasche meiner Jeans und ging ganz schnell zu Kim. Sie blickte mich aus ihren großen, dunklen Augen unter dem Herd hervor an, und es schien mir, als wäre es das erste Mal im Leben, daß sie mich überhaupt sah. Es war ein blödes Gefühl. Ich stand schnell auf und ging hinaus. Auf der Treppe sagte mir Malcolm, daß mich Daddy Rich im alten Hicks-Haus erwartete.

«Ein verdammter Kolumbianer hat durchgedreht, Mann. Wir müssen ihn umlegen, bevor es noch einen von uns erwischt.»

«Spider Man hat Santos verraten, nicht ich. Und nicht Daddy Rich. Santos weiß das genau.»

«Aber der Idiot, der Spider Man umgelegt hat, weiß das vielleicht nicht.»

Unten, beim Hauseingang, hielt ich Malcolm zurück. Die Tür stand eine Handbreit offen. Ein Streifen Sonnenlicht lag über dem Fußboden und zog sich ein Stück an der Wand hoch. Ich zog die Tür langsam auf. Draußen war es so hell, daß mir die Augen weh taten. Ein Motorrad fuhr vorbei. Irgendwo in der Nähe tratschten Frauen, die ich nicht sehen konnte.

«Geh zuerst hinaus», forderte ich Malcolm auf. Er zögerte, aber schließlich verließ er das Haus zuerst. Es fiel kein Schuß. Nichts passierte. Der Kolumbianer war nirgendwo zu sehen.

Bis zum alten Hicks-Haus waren es acht Häuserblocks. Das Haus war halb zerfallen. Unten, im Erdgeschoß, war früher ein Lebensmittelladen gewesen. Hicks und seine Frau, eine Chinesin, hatten ihn geführt. Eines Tages wurde Hicks krank. Dann starb er. Und ein halbes Jahr später fand man seine Frau hinter dem Ladentisch. Raubüberfall. Zwei Typen aus Jamaica Town hatten die alte Frau umgebracht. Wegen achtundzwanzig Dollar Kleingeld.

Seit Jahren war das Hicks-Haus unbewohnt. In den beiden oberen Stockwerken waren alle Fenster eingeschlagen. Das Dach hatte Löcher. Die Ladentür und die beiden Auslagenfenster hatte man mit Zementblöcken zugemauert. Hinten hatte jemand ein Loch ins Mauerwerk geschlagen, durch das man in den Laden gelangte.

Im alten Hicks-Haus spukte es, behaupteten die Leute. Snootchy Fingers war einmal dort gewesen und hatte die alte Chinesin gesehen, wie sie im Laden herumging und auf den Regalen Ordnung machte. Aber die Regale waren längst leer.

Das Gerücht ging um, daß der Leichnam der alten Chinesin im ersten Stock im Schlafzimmer aufgebahrt gewesen war. Die ganze Verwandtschaft sei gekommen, um der Toten die letzte Ehre zu erweisen. Die Frauen jammerten und lamentierten, und die Männer gingen hin und berührten mit den Fingern die kalte Stirn der Toten. Da, aus dem Nichts, sei eine schwarze Katze über den Leichnam hinweggesprungen, und die alte Chinesin habe sich sofort aufgerichtet, erhoben und sei vom Totenbett weggegangen. Sie wandelte auf die entsetzten Trauergäste zu, und man machte ihr schnell Platz, weil die Berührung mit ihr jedem sofort den Tod gebracht hätte. Und da niemand sterben wollte, ließ man sie gehen; seither wandelt sie noch immer im alten Hicks-Haus herum, und nachts, bei Vollmond, konnte man sie ab und zu leise jammern hören.

Daddy Rich hockte auf dem Ladentisch und ließ die Beine herunterhängen. Ich war schon lange nicht mehr hier gewesen, aber alles war so wie immer, leer, dunkel, irgendwie unheimlich.

Daddy Rich trug einen neuen weißen Anzug, einen Panamahut und die Sonnenbrille. In seinem Mundwinkel hing eine Zigarette.

Malcolm, der hinter mir durch das Loch gekrochen war, richtete sich auf und wischte sich den Schweiß vom Gesicht. «Hier ist er», sagte er.

Ich blieb am Fuß einer Treppe stehen, die von einem schmalen Flur aus in den ersten Stock führte.

Sonnenlicht floß über die hölzernen Stufen herunter.

«Du mußt weg von hier», sagte ich in die Stille hinein. «Ich komme von Corbin, Mann. Er hat ein Tonband von Spider Man, mit einem Geständnis drauf. Die Cops sind hinter dir her, und wenn DeNevi dich ausfindig macht, bist du tot.»

Er blieb ruhig auf dem Ladentisch sitzen. Rauch kräuselte sich an seinem Gesicht hoch. Ich konnte seine Augen hinter den schwarzen Brillengläsern nicht sehen, und das machte mich ein bißchen unsicher.

«Zur Hölle mit Spider Man», sagte er plötzlich. «Sein Geständnis ist keinen Dreck wert, Kleiner, jetzt, wo er tot ist.» Er verzog die Lippen zu einem Lächeln. «Ich hatte ihn schon lange in Verdacht, diesen Judas. Ich wußte, daß er eines Tages reden würde, weil er so schwach wurde, daß er nicht einmal mehr seine eigene Pisse halten konnte. Aber jetzt, wo er tot ist, taugt sein Geständnis nichts mehr, und Corbin weiß das haargenau. Ich habe ihm einen Strich durch die Rechnung gemacht!» Daddy Rich lachte. «Corbin ist ein durchtriebener Fuchs, Kleiner. Er hat die ganze Zeit versucht, an dich heranzukommen. Aber er wußte, daß er von dir nichts kriegen würde. Sein Interesse für dich sollte uns alle ablenken. Hinterrücks haben sich Hill und Robson an Spider Man rangemacht. Sie versorgten ihn mit Heroin, und zwar nicht zu knapp. Er wurde immer abhängiger von ihnen, und allmählich begann er zu plaudern. Ich weiß nicht, wen er zuerst verraten hat, mich oder Santos. Oder beide zusammen. Auf jeden Fall hat die Einwanderungsbehörde Santos und ein paar seiner Leute hochgenommen, weil sie sich illegal im Land aufhalten und weil es nicht den geringsten Beweis dafür gibt, daß sie im Rauschgiftgeschäft sind. Man hatte nur Spider Man und sein Geständnis. Corbin hätte Spider Man jetzt aus dem Verkehr ziehen müssen. Er hätte ihn nie aus den Augen verlieren dürfen. Statt dessen hat er ihn weiter herumschnorcheln lassen. Er wollte Beweise, um mich hochzunehmen.»

«Hast du ihn umgebracht?»

Jetzt glitt Daddy Rich vom Ladentisch. Lachend kam er auf mich zu und legte mir eine Hand auf die Schulter.

«Was würdest du sagen, wenn ich es getan hätte, Kleiner?»

Ich hob die Schultern.

«Weiß nicht», sagte ich. «Was sollte ich sagen? Er hat dich verraten, nicht wahr.»

«Genau, Kleiner. Er hat mich verraten. Und deshalb mußte er sterben, bevor es zu spät war. Ich dachte erst, er bringt sich selber um. Mit einer Überdosis. Aber der war zäh wie Katzendarm. Ein anderer wäre längst krepiert von dem Zeug.»

«Also hast du ihn in der Tiefgarage umgebracht?»

«Ich?» Wieder lachte er. «Glaubst du im Ernst, ich mach noch solche Dreckarbeit. Nein, ich war in Manhattan und habe mir diesen Anzug gekauft. Und den Hut. Gefällt dir der Hut, Kleiner?»

«Er sieht fast aus wie der alte.»

«Das Band ist aus Rohseide.» Er nahm den Hut vom Kopf und betrachtete ihn. «Capelli hat mir die Adresse von einem italienischen Hutmacher gegeben. Dieser Hut ist ein handgearbeitetes Kunstwerk, Kleiner. Und der Anzug stammt aus Frankreich.»

«Wer hat Spider Man umgebracht?» fragte ich. «Einer von Santos' Leuten?»

«Falsch. Ich habe Capelli von Spider Man erzählt, und er hat mir vorgeschlagen, die Sache von einem Experten erledigen zu lassen. Sozusagen als Freundschaftsdienst und als Zeichen des guten Willens. Jetzt, nachdem man Santos erwischt hat, bin ich nämlich gezwungen, mich nach anderen Geschäftspartnern umzuschauen.»

«Du willst mit der Mafia zusammenarbeiten?»

«Mit Capo Capelli, Kleiner. Damit werden wir unsere Geschäfte über ganz New York ausdehnen. Wir haben große Pläne, und für dich ist einiges drin, verstehst du. Ich habe mir zum Beispiel überlegt, ob ich dir unser Revier überlassen oder ob ich dich als meine rechte Hand engagieren soll.»

Mir wurde heiß und kalt zugleich. Hatte ich nicht immer davon geträumt, einmal ganz groß ins Geschäft einzusteigen? Jetzt war die Möglichkeit plötzlich da. Ich war noch nicht einmal fünfzehn Jahre alt, und schon konnte ich die oberste Sprosse der Leiter sehen, wenn ich mich auf die Zehen stellte.

«Was sagst du, Kleiner?» fragte Daddy Rich. «Überwältigt?» Malcolm lachte glucksend.

«Ist er auch dabei?» fragte ich.

«Er ist mein Chauffeur.»

«Was dagegen, Silkpaw?» fragte Malcolm.

Ich schüttelte den Kopf. DeNevi kam mir in den Sinn. Für Corbin taugte Spider Mans Geständnis zwar nichts, aber DeNevi brauchte nicht mehr.

«Was ist mit DeNevi?» fragte ich aus meinen Gedanken heraus.

«Was soll mit DeNevi sein? Capelli erledigt das mit links.»

«Wann?»

«Morgen früh. Es ist alles vorbereitet. Morgen früh, wenn er den Zündschlüssel dreht, fliegt er mit seiner Karre in die Luft. In der Zwischenzeit mach ich es mir hier gemütlich, Kleiner. Malcolm wird das Feuerwerk aus sicherer Position bewundern und mir anschließend Bescheid geben. Sobald ich mir DeNevi aus dem Pelz geschüttelt habe, fliegen wir für ein paar Wochen auf die Bahamas. Du und ich, und wenn du Lust hast, können wir zwei Weiber mitnehmen. Capelli arrangiert die Sache. Er hat Beziehungen auf den Bahamas. Wir können uns dort in aller Ruhe über unsere gemeinsame Zukunft unterhalten und die Geschäfte planen. Was hältst du davon, Kleiner?»

«Du meinst, daß es doch wahr wird», sagte ich. «Bahamas und so. Palmen und weißer Sand.» Ich grinste. Er hatte keine Ahnung, was wirklich in mir vorging. Wir redeten noch ein bißchen herum, dann sagte ich ihm, daß ich Little June Bescheid sagen wollte. Dafür hatte er Verständnis. Immerhin war es ein gemeinsamer Traum, über den wir uns schon so oft ausgelassen hatten, wenn wir alle zusammen waren. Spider Man auch. Aber für den war es zu spät.

Ich verließ das alte Hicks-Haus durch das Loch in der Rückseite. Malcolm kam mit mir. Er war der Verbindungsmann zwischen Daddy Rich und Capelli. Daddy Rich wollte sichergehen, daß alles klappte. Dafür schickte er Malcolm aus.

Wir gingen hinunter zum Park und spielten dort eine Weile mit Snootchy Fingers und ein paar anderen Jungs Korbball. Es war so heiß, daß uns bald die Luft ausging. Corbins Streifenwagen patrouillierten in den Straßen, schlichen wie hungrige Wölfe am Park vorbei. Man hielt nach Daddy Rich Ausschau, obwohl Corbin wußte, daß er ihn ohne handfeste Beweise nicht hätte festhalten können.

Später ging ich ins Club House. Little June war dort. Sie hatte überall nach mir gesucht. Ich sagte ihr, sie solle am Abend bei Bee Gee's auf mich warten. Sie merkte, daß irgend etwas nicht stimmte, aber sie stellte mir keine Fragen. Von einer Telefonzelle aus rief ich Corbin an. Er war überrascht, als ich mich meldete.

«Haben Sie DeNevi etwas vom Tonband mit Spider Mans Geständnis gesagt?» fragte ich ihn ruhig.

«Nein. Warum? He, was ist los?»

«Nichts», sagte ich und hängte ein. Ich verließ die Telefonzelle und merkte erst jetzt, wie aufgeregt ich eigentlich war. Zu Hause rauchte ich einen Joint und überlegte mir alles noch einmal. Mom lag im Bett. Kim spielte. Ich dachte, daß ich so nicht mehr weitermachen wollte. Ich dachte, daß man einmal im Leben mutig sein mußte. Richtig mutig. Und als ich von zu Hause wegging, hatte ich mich entschlossen, daß für mich der Tag gekommen war, mutig zu sein. Ich hatte ganz einfach die Nase voll. Gestrichen.

Corbin verzichtete darauf, ein Tonband laufen zu lassen. Wir waren allein in seinem Office, und vielleicht, wenn er einen einzigen kleinen Fehler gemacht hätte, wäre ich aufgestanden und davongelaufen.

Er wußte es. Inzwischen kannte er mich gut genug. Ich war freiwillig hergekommen, und es war mir wichtig, daß er das anerkannte. Ich wußte selbst nicht genau, was mich dazu getrieben hatte. Immerhin war überhaupt nichts Schwerwiegendes passiert. Mom hatte sich nicht das Leben genommen. Und Little June war nicht mit Gugu unterwegs, um für Daddy Rich anzuschaffen. Und DeNevi lebte noch. Und Daddy Rich war nicht darauf aus, mir die Kehle durchzuschneiden. Im Gegenteil. Er plante einen Urlaub auf den Bahamas, so wie es die Großen tun, die Mafia-Typen aus Manhattan. Ich hatte eigentlich die besten Aussichten meines Lebens und saß in Corbins Office auf einem unbequemen Drehstuhl, bereit, dem Mann die Wahrheit zu erzählen, den ich ein halbes Jahr lang glänzend angelogen hatte.

Er traute mir nicht, ich konnte es ihm ansehen. Er trank Kaffee aus einem Styroporbecher. Er ließ mir Zeit. Mindestens zehn Minuten hockte ich auf dem Drehstuhl und schwieg. Und er trank Kaffee. Wir wurden nicht gestört. Er hatte draußen Bescheid gesagt. Was immer auch passierte, er wollte mit mir allein sein.

Ich wünschte mir, er hätte den Anfang gemacht. Er hätte irgend etwas sagen können. Etwas über die Hitze draußen. Es war immerhin der Tag mit der absoluten Rekordtemperatur seit über fünfunddreißig Jahren und mit einer Luftfeuchtigkeit von über siebzig Prozent. Leute mit schwachen Herzen starben an solchen Tagen. Und Corbin schwitzte nicht einmal, obwohl die Klimaanlage in seinem Office nicht richtig funktionierte. Sie rasselte zwar, aber die Luft, die mir über das schweißnasse Gesicht strich, war warm und stickig.

«Wissen Sie, wo DeNevi ist?» fragte ich plötzlich.

Er hatte aus dem Fenster geschaut. Jetzt drehte er sich um. «Nein, aber ich denke, er ist in seinem Rattenloch in der Halsey Street.»

«Er will übers Wochenende in die Berge fahren», sagte ich. Er hob die Schultern. Es schien ihm ziemlich egal zu sein, was DeNevi tat. Und er machte keine Anstalten, mir die Sache leichter zu machen. Ich war jetzt schon nahe daran, aufzugeben.

«Irgendwelche Typen aus Manhattan haben beschlossen, DeNevi umzubringen», sagte ich.

«Irgendwelche Typen aus Manhattan?» fragte er. «Gib mir ein paar Namen, Silkpaw.»

«Keine Namen. Ich weiß keine Namen.» Ich grinste. «Ich bin schlecht mit Namen, das wissen Sie doch, Lieutenant, Sir.»

Er nickte und drehte sich wieder dem Fenster zu.

«Wenn er in seinen Dodge steigt und den Zündschlüssel dreht, fliegt er in die Luft.»

«Wer sollte ein Interesse daran haben, DeNevi umzubringen?» fragte er.

«Ich weiß es nicht. Ich habe nur davon gehört. Ehrlich, wenn ich wüßte, wer...» Ich brach ab. Es hatte keinen Sinn. Ich war nicht hergekommen, um irgend etwas zu erzählen. Ich hatte mich entschlossen, die Wahrheit zu sagen. Ich wollte mutig sein. Es wurde mir beinahe schlecht, weil ich mich so anstrengte und doch nicht vorankam.

Corbin warf den leeren Becher in einen überfüllten Papierkorb. Er fiel zu Boden und rollte unter den Schreibtisch. Corbin setzte sich aufs Fensterbrett und schaute mich an.

«Worüber willst du reden?» fragte er plötzlich.

Ich grinste.

«Über alles», sagte ich.

«Warum fängst du dann nicht von vorne an?»

«Von vorne?»

«Von vorne im letzten Winter, Junge. In der Nacht, als Magruder starb.»

«Das war am 25. Februar.» Ich legte den Kopf zurück und schloß die Augen. Ich konnte alles deutlich sehen. «Wir gingen zusammen zum Park. Von Bee Gee's aus. Daddy Rich, Spider Man und Malcolm.»

«Und du?»

Ich machte die Augen nicht auf. «Und ich», sagte ich leise.

Es war kalt. Ich fror erbärmlich, und anstatt daß ich beim Maschendrahtzaun am Korbballplatz stehengeblieben wäre, kauerte ich bei der Mauer nieder. Ich hatte zwar von hier aus nicht den besten Überblick, aber dicht bei der Mauer

spürte ich kaum etwas vom Wind, der die Straße entlang-
fegte.

Auf der anderen Seite, in einer Häuserlücke, warteten Daddy Rich, Spider Man und Malcolm auf die Kolumbianer.
Daddy Rich hatte den Cadi bei Bee Gee's zurückgelassen,
falls irgend etwas schiefgehen würde. Aber eigentlich rechnete keiner von uns damit, daß etwas schiefgehen würde.
Das Geschäft war mehr oder weniger Routine. Santos und
zwei seiner Leute würden sich mit Daddy Rich treffen und
ihm hundert «Papiere» übergeben, jedes Papier mit ungefähr vierzig Milligramm braunem Heroin zu einem Markt-
wert von zwanzig Dollar.

Es war eine einfache Sache.

Spider Man war als Tester dabei. Er verstand etwas davon.
Er merkte sofort, wenn da Milchzucker drin war oder anderes Zeug. Oder Chinin, was sowieso ziemlich übel ist, weil
man davon krepieren kann.

Ich hatte damit nichts zu tun. Das heißt, ich war zwar dabei,
aber ich haßte das Zeug. Ich sah, wie Spider Man langsam
kaputtging. Und Reggie Brown hatten sie vor zwei Monaten
in einem Müllcontainer gefunden. Überdosis oder was.
Konnte auch sein, daß er schlechtes Zeug gespritzt hatte.
Auf jeden Fall wollte ich mit Drogen nichts zu tun haben.

Ich war als Aufpasser dabei. Meine Aufgabe war nur, das
Stück Straße an der Nordseite des Parks im Auge zu behalten. Manchmal patrouillierten hier die Cops, weil der Park
ein Treff für allerlei Gesindel war.

Ich hatte den Mantelkragen hochgeschlagen und versuchte,
meine Finger warm zu halten, indem ich die Hände rieb.

Es gab nur eine Laterne in der Nähe. Sie beleuchtete ein
kleines Stück der Straße und einen Teil des Parks. Dort, wo
ich kauerte, war es ziemlich dunkel.

Ich konnte Daddy Rich, Spider Man und Malcolm nur vage erkennen. Sie warteten in der schmalen Häuserlücke, schräg gegenüber dem Maschendrahtzaun.

Es war kurz nach elf Uhr.

Vereinzelte Schneeflocken trieben im Wind.

Ein Chrysler fuhr vorbei. Die Scheinwerfer gingen kurz aus. Der Chrysler schwenkte in die Lewis Avenue ein, eine Einbahnstraße, die nach Norden führt. Kurze Zeit später kamen drei Männer um die Ecke und gingen zur Häuserlük-ke. Das waren Santos und seine Männer.

Es war jetzt alles in Ordnung.

Ich zog den Kopf tiefer in den Mantel zurück und schlotter-te vor mich hin. Meine Zähne schlugen sogar gegeneinan-der, und ich dachte, daß ich morgen nach Manhattan fahren und mir bei Macy's einen neuen Mantel kaufen würde. Kamelhaar vielleicht.

Von meinem Standort aus konnte ich die Gestalten in der Häuserlücke nur schwach erkennen. Manchmal wehte der Wind Stimmen herüber, aber ich achtete nicht darauf. Ich dachte an Little June und daran, daß man im Winter auf die Bahamas fliegen sollte oder sonstwohin, wo es Palmen gab und so.

Die Schüsse rissen mich aus meinen Träumen. Für einen Moment konnte ich mich nicht rühren. Drüben bei der Häuserlücke brüllte jemand etwas. Zwei Gestalten rannten über die Straße und am Maschendrahtzaun vorbei. Jetzt sprang ich auf, und ich sah den Streifenwagen sofort, der etwa dreißig Schritte entfernt geparkt war. Ohne Licht. Und mitten auf der Straße brach eine Gestalt zusammen, genau zwischen dem Streifenwagen und der Häuserlücke.

Auf der anderen Straßenseite tauchte Spider Man im Licht-schein der Laterne auf. Es sah aus, als wollte er zu dem Mann laufen, der auf der Straße lag, aber plötzlich war Daddy Rich bei ihm, packte ihn und riß ihn mit sich.

«Weg von hier!» schrie er.

Eine Sirene heulte auf, wurde lauter und brachte mich fast um den Verstand. Ich nahm meine Automatic aus der Manteltasche. Im nächsten Moment schlitterte der Streifenwagen aus der Fulton Street in die Chauncey Street hinein. Grelle Scheinwerfer blendeten mich. Der Streifenwagen stellte sich quer, und das Licht erfaßte Daddy Rich und Spider Man, die Hals über Kopf davonrannten. Die Fahrertür des Streifenwagens ging auf, und ein Cop sprang auf die Straße. Er hatte eine Schrotflinte in den Händen und schwang den Lauf in Richtung Daddy Rich und Spider Man. Ich schoß und rannte davon. Die Schrotflinte des Cop ging nicht los. Ich rannte durch den Park und über die Fulton Street. Überall in der Nacht heulten jetzt Polizeisirenen. Irgendwo warf ich die Automatic weg. Sie wurde nie gefunden. Ich lief in der Nacht herum und wußte nicht, wohin ich gehen sollte. Bee Gee's war zu, als ich dorthin kam. Daddy Richs Cadi stand nicht mehr dort. Die ganze Nacht hindurch suchten sie nach uns. Immer wieder heulten die Sirenen auf. Dann fing es leicht an zu schneien, und ich ging nach Hause.

Am Morgen stand alles in der Zeitung. Es hieß, daß Magruder tot war und ein anderer Cop verletzt. Und es hieß auch, daß die Cops bei einem Rauschgiftgeschäft dazwischengekommen waren. Sonst nichts. Niemand wußte etwas. Man verhaftete Daddy Rich und verhörte ihn. Ohne Erfolg. Dann kamen sie zu mir. Corbin und ein paar Cops brachten mich ins Revier und sperrten mich ein. Ich gab zu Protokoll, daß ich nichts wüßte. Corbin fuhr mit mir zum Tatort. Es nützte alles nichts. Ich sagte ihm nichts, und wenn ich was sagte, log ich. Das war einfach. Ich konnte unheimlich gut

lügen. Ich habe sogar mich selbst belogen, von allem Anfang an.

Aber jetzt ist es vorbei. Ich sagte Corbin die Wahrheit. Das
heißt, ich sagte ihm nur, daß ich dabeigewesen war und was
ich gesehen hatte. Ich sagte ihm nicht, daß ich auf DeNevi
geschossen hatte. Das wollte ich DeNevi selbst sagen.

Sie verhafteten Daddy Rich am Abend. Ich war nicht dabei,
aber später hörte ich, daß Gugu dabei war, im alten Hicks-
Haus, und daß Daddy Rich eben Ferienprospekte durchge-
blättert hätte.

Es war Freitag abend. Ich war nach Hause gegangen und
hatte meine Automatic unter dem Bett verstaut. Jack war
dort. Im Schlafzimmer. Und Kim spielte mit einem batterie-
betriebenen Roboter, dem sie die Arme abgerissen hatte.

Jack kam aus dem Schlafzimmer. Er war barfuß und trug
nur seine Unterhose. In der Hand hatte er eine Dose Budweiser, und durch den Türspalt konnte ich Mom im Bett
sitzen sehen. Der kleine Fernseher lief.

«Was ist los draußen?» fragte er. «Ich habe mindestens ein
Dutzend Streifenwagen auf dem Weg hierher gesehen.»

«Sie haben Daddy Rich verhaftet», sagte ich und stopfte
Kleider in meine Puma-Sporttasche. Jack schaute mir zu.

«Wo gehst du hin?» fragte er, als ich fertig war. «Abhauen
oder was?»

«Warum sollte ich abhauen?»

«Weil du die Hose voll hast.» Er lachte mit heiserer Stimme.
«Jetzt, wo sie Daddy Rich verhaftet haben, werden sie dich
auch hochnehmen, Kleiner.»

Ich gab ihm keine Antwort. Ich ging einfach weg. Unten
wartete Little June auf mich, und wir gingen zur Halsey

Street. DeNevis Dodge war vor der Haustür geparkt und dahinter der kleine Toyota Corolla. Ich blieb stehen und blickte die Straße hinauf und hinunter. Ein paar Kinder hockten in einem der Hauseingänge und rauchten einen Joint. Es waren die gleichen, die ich schon einmal gesehen hatte. Ein Junge und zwei Mädchen. Der Junge erkannte mich und hob die Hand.

DeNevi kam aus dem Haus, beladen mit Kram, den man wohl brauchte, wenn man irgendwo in der Wildnis übernachten wollte. Schlafsäcke und Zeltstangen, eine Axt und einen Wasserkanister. Er sah mich natürlich, weil ich neben dem Dodge stand, aber er tat, als wäre ich überhaupt nicht da. Er lud das Zeug auf die Ladebrücke des Dodge. «Ihr könnt hinten mitfahren», sagte er, ohne mich anzusehen.

Er ging noch einmal hinauf und kam mit einem Berg Zeug herunter, Kisten und Spaten und ein paar Nylonseilen und Armeezeltplanen.

«Wenn wir Glück haben, kriegen wir die Kanone bis Sonntag abend frei», sagte er.

Hinter ihm erschien Esther Frye. Sie trug ein Männerhemd und Jeans. «Wir sollten noch irgendwo Eis kaufen für die Kühlbehälter. Und Würmer für Köder.» Sie gab mir zwei Angelruten. «Schön, daß du dich doch noch entschlossen hast, mit uns zu fahren, Rick», sagte sie.

DeNevi rückte das Zeug auf der Ladebrücke umher, bis es verstaut war. Er breitete die Schlafsäcke aus und legte eine Plane aus blauem Plastik darüber. Es wurde schon langsam dunkel.

Ich beobachtete DeNevi. Er hatte keine Ahnung, daß Daddy Rich verhaftet worden war. Er hatte überhaupt keine Ahnung von nichts.

«Los, springt rein», sagte er und kletterte von der Ladebrücke. Er rieb seine Hand an der Hose ab. Er trug eine Hose von einem Armeetarnanzug und ein billiges, graues T-Shirt und hatte eine Packung Zigaretten im linken Ärmel eingerollt. Ich fragte mich, ob er seinen Magnum dabei hatte. Im Handschuhfach vielleicht. Ich war sicher, daß er ihn immer irgendwo bei sich hatte, wo er ihn notfalls schnell erreichen konnte.

Little June und ich stiegen hinten auf und machten es uns zwischen dem Campingzeug bequem. Ich dachte erst wieder daran, daß der Dodge hätte in die Luft fliegen können, als der Motor ansprang. Für einen Moment gefror mir das Blut in den Adern. Ich hielt mich ganz still, und Little June, die neben mir saß, merkte, daß ich steif geworden war.

«Ist was?» fragte sie und lehnte sich gegen mich.

«Zum Glück nicht», sagte ich aufatmend. Capellis Experte war noch nicht dagewesen.

DeNevi fuhr langsam die Halsey Street hinunter, und an der nächsten Kreuzung sah ich Iron Claw stehen mit seinen hellgrünen Haaren und dem Nasenring. Er trug ein Kettenhemd über dem nackten Oberkörper. Er sah uns nicht.

Wir fuhren den ganzen Abend hindurch, und es wurde Nacht. Einmal hielt DeNevi an, und Esther Frye kaufte Eis für den roten Kühlbehälter, in dem DeNevi eine Flasche Wein und Lebensmittel hatte.

Es wurde kühl in der Nacht und noch kühler, als wir in die Berge kamen. Little June nahm eine Decke und schlug sie um uns. Wir krochen unter die Decke, und wir hielten uns aneinander fest, weil DeNevi mit dem Dodge rücksichtslos einen löcherigen Feldweg entlangfuhr. Und irgendwann küßte ich sie ganz sanft, und dann küßten wir uns lange, und ich vergaß, wo wir eigentlich waren, bis DeNevi endlich anhielt. Wir kamen unter der Decke hervor. Der Mond war aufgegangen. Sein Licht schimmerte auf der Oberfläche eines Teiches. Frösche quakten. Sonst war es still hier. DeNevi stieg aus und streckte sich.

«Wir sind hier», sagte er. «Das ist Seagers Pond.» Er ging zum Rand des Teiches. Einige Frösche hörten auf zu quaken. Esther Frye kam aus der Kabine. Sie blickte sich um.

«Ein geheimnisvoller Ort», sagte sie, und es klang, als fröstelte sie. Ohne daß sie jemand aufgefordert hätte, fing sie an, Holz zu suchen. Ich half Little June herunter. Wir standen eine Weile herum und wußten nicht, was wir tun sollten. DeNevi kam vom Tümpel zurück.

«Komm, wir machen später ein Feuer», sagte er zu Esther Frye, und sie hörte auf, Holz zu sammeln. Er nahm sie beim Arm. «Dort drüben im Wald, da ist sie», sagte er. «Kommt mit.» Er legte einen Arm um Esther Frye und ging mit ihr über eine Lichtung auf den Waldrand zu. Little June und ich folgten ihm, und er führte uns durchs Unterholz zu einem Platz, wo die Erde ziemlich durchgewühlt war. Dort unter mächtigen Bäumen, durch deren Blattwerk fahles Mondlicht fiel, zeigte er uns die Kanone. Sie ragte aus einem Loch heraus. Ein Stück von einem Rad war zu sehen. Eisenbeschläge. Und die Mündung.

Wir starrten alle in das Loch hinein, und mir fiel ein, daß er das letzte Mal mit Magruder hier gewesen war. Am 24. Februar.

«Das letzte Mal war der Tümpel dick zugefroren», sagte DeNevi plötzlich. «Bevor wir weggingen, deckten wir die Kanone mit Schnee zu. Wir wollten nicht, daß sie jemand findet, und wir dachten, daß wir noch einmal herkommen würden, bevor es Frühling wird. Es scheint, als ob die ganze Zeit niemand hiergewesen wäre.»

«Ganz in der Nähe müssen wir die Asche von Tante Gladys ausgestreut haben, nicht wahr June», sagte Esther Frye. Sie klatschte ihre Hände zusammen. «Dann wollen wir jetzt ein Feuer machen. Ich habe für heute abend vier Steaks gekauft. Morgen gibt's Forellen.»

Wir gingen zum Teich zurück. Ich half DeNevi mit dem Zelt. Es war ziemlich kühl hier oben und die Luft klar. Später, als das Feuer niedergebrannt war und ich im Schlafsack lag, sah ich zum ersten Mal im Leben, wie viele Sterne der Himmel wirklich hatte. In der Stadt merkt man das nicht, weil das Kunstlicht von den Leuchtreklamen und den Laternen eine Kuppel bildet, durch die hindurch man nur den Mond schwach erkennen kann und ein paar der helleren Sterne. Little June und ich starrten lange zum Himmel hoch. Es war sehr still geworden. Die Frösche quakten nicht mehr. DeNevi und Esther schliefen im Zelt. Ich konnte nicht schlafen. Little June hielt meine Hand fest.

Morgen wollte ich DeNevi sagen, wer ihn zum Krüppel geschossen hatte. Ich nahm es mir fest vor.

«Ich war damals dabei, als Magruder niedergeschossen wurde», flüsterte ich.

Little June rührte sich nicht. Ich hatte sie noch am Morgen auf der Fahrt zum Revier angelogen.

«Es war ein Rauschgiftgeschäft», sagte ich. «Ich habe dich angelogen.»

«Ich weiß», erwiderte sie leise. «Es war leichter zu lügen, nicht wahr.»

«Nicht immer», sagte ich. «Manchmal war es sogar schwierig, zu lügen, weil ich aufpassen mußte, daß alles übereinstimmte.» Ich richtete mich auf und beugte mich über Little June. Ihre Augen waren wie zwei Sterne. Ich küßte sie, und ich dachte, daß es vielleicht besser war, wenn ich DeNevi nichts sagen würde. Auf jeden Fall nicht, solange wir hier waren. Und dann dachte ich, daß es wohl überhaupt keinen Unterschied machte. Ich hatte Daddy Rich verraten, und mein Leben war ohnehin verpfuscht. Er war mein absolutes Vorbild gewesen. Ich konnte jetzt nicht einmal mehr in unser Revier zurückkehren. Die anderen würden mich wie einen Aussätzigen behandeln. Selbst Snootchy Fingers würde mich verachten.

«Worüber denkst du nach?» fragte Little June.

«Ich denke daran, was aus uns wird, Little June», sagte ich.

«Wir könnten zusammen weggehen.»

«Wohin?»

«Esther sagt, daß wir zusammen in eine Schule gehen sollten. Im Norden. Weit weg von hier.»

«Würdest du in eine Schule gehen wollen?»

«Ja. Wenn wir zusammenbleiben. DeNevi hat gesagt, daß aus dir ein großer Künstler werden könnte. Er zeigt deine Zeichnungen überall herum.»

Ich dachte über DeNevi nach. Er war ein merkwürdiger Mensch. Mir schien fast, als kennte ich ihn eine Ewigkeit. Aber es waren nicht einmal zwei Wochen vergangen, seit Tante Gladys gestorben war. Und damals hatte ich ihn zum ersten Mal gesehen. Das heißt, eigentlich waren wir uns vorher einmal begegnet. Nur kurz. Meine Kugel war vom Schloß der Schrotflinte abgeprallt und hatte ihm die Hand und das Handgelenk zerschmettert. Ich wünschte, es wäre alles nie passiert.

Irgendwann schlief ich ein.

Am Morgen, früh, als der Tag graute, erwachte ich. Dünne Nebelschleier schwebten über dem stillen Teich. Das Gras war feucht. DeNevi hockte regungslos auf dem Stamm eines Baumes, den der Sturm entwurzelt hatte. Er starrte auf das

Wasser hinaus, das glatt und grau unter dem Nebel lag. Es schien fast, als wartete DeNevi dort auf mich. Ich zog den Schlafsack über den Kopf. Aber nach einer Weile kroch ich heraus. Ich zog die Puma-Runners an und ging zum Ufer des Teiches hinüber. Dort blieb ich neben DeNevi stehen.

«Morgen», sagte er leise und ohne sich zu bewegen.

«Morgen», sagte ich.

Jetzt drehte er den Kopf und blickte mich über den hochgestellten Hemdkragen an.

«Gut geschlafen?» fragte er.

«Hm.» Ich hob die Schultern. «Ziemlich still hier draußen.»

«Daran gewöhnt man sich.»

Wir schwiegen eine Weile und lauschten in die Stille hinaus.

«Ich habe es mir überlegt», sagte ich plötzlich.

«Was?»

«Die Schule im Norden.»

«Gut. Red mit Esther darüber. Sie glaubt, daß aus dir was werden kann.»

«Das glaube ich auch», sagte ich.

Er grinste. Und in diesem Moment war ich sicher, daß er längst wußte, wer damals in jener kalten Winternacht auf ihn geschossen hatte.